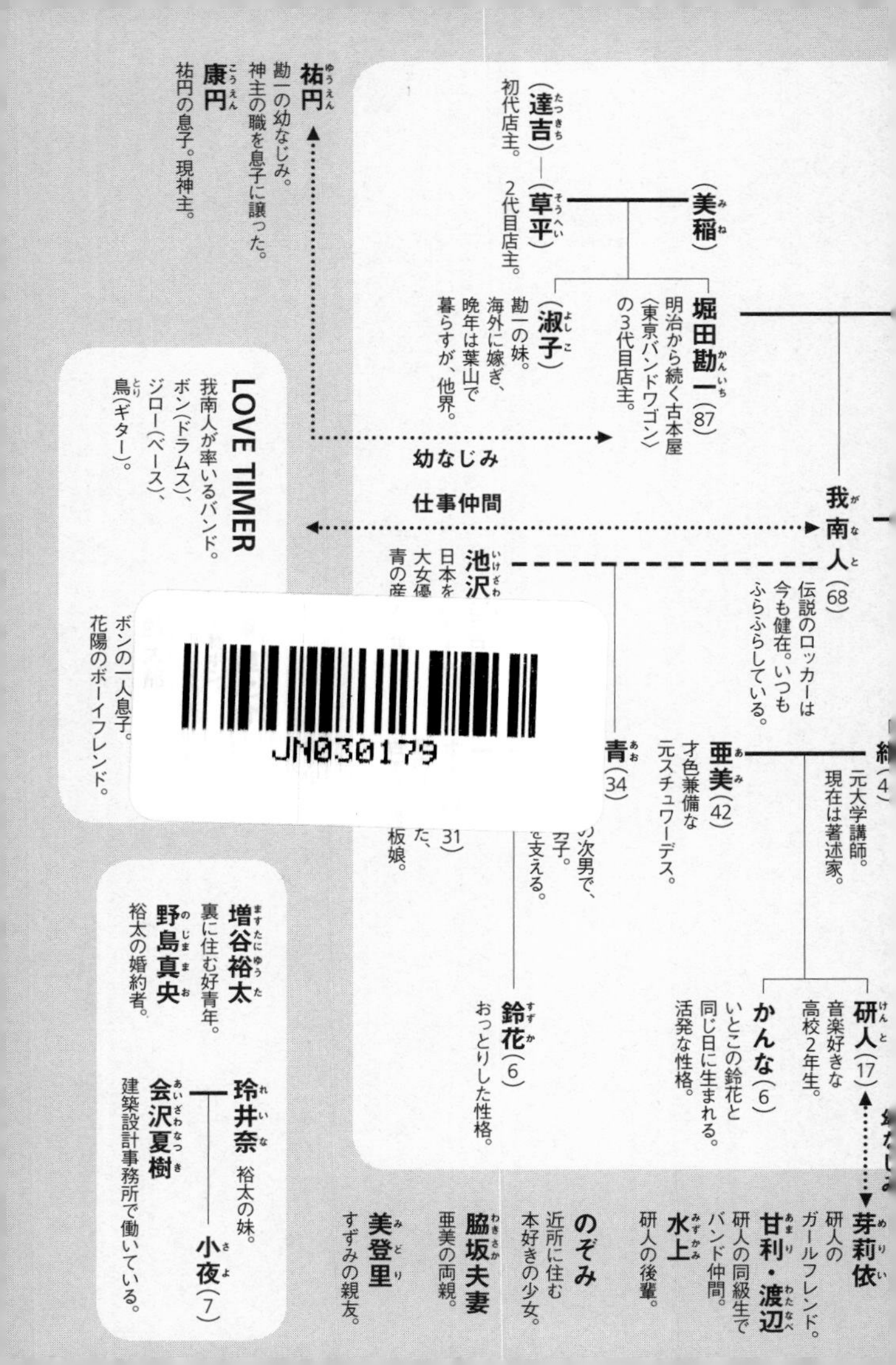

（美稲）
堀田勘一（87）
明治から続く古本屋〈東京バンドワゴン〉の3代目店主。
（達吉）—（草平）
初代店主。
2代目店主。
（淑子）
勘一の妹。海外に嫁ぎ、晩年は葉山で暮らすが、他界。
祐円
勘一の幼なじみ。神主の職を息子に譲った。
康円
祐円の息子。現神主。
幼なじみ
仕事仲間
我南人（68）
伝説のロッカーは今も健在。いつもふらふらしている。
LOVE TIMER
我南人が率いるバンド。ボン（ドラムス）、ジロー（ベース）、鳥（ギター）。
池沢
ボンの一人息子。花陽のボーイフレンド。
元大学講師。現在は著述家。
亜美（42）
才色兼備な元スチュワーデス。
青（34）
研人（17）
音楽好きな高校2年生。
かんな（6）
いとこの鈴花と同じ日に生まれる。活発な性格。
鈴花（6）
おっとりした性格。
芽莉依
研人のガールフレンド。
甘利・渡辺
研人の同級生でバンド仲間。
水上
研人の後輩。
のぞみ
近所に住む本好きの少女。
脇坂夫妻
亜美の両親。
美登里
すずみの親友。
増谷裕太
裏に住む好青年。
野島真央
裕太の婚約者。
玲井奈
裕太の妹。
会沢夏樹
建築設計事務所で働いている。
小夜（7）

ブックデザイン　鈴木成一デザイン室

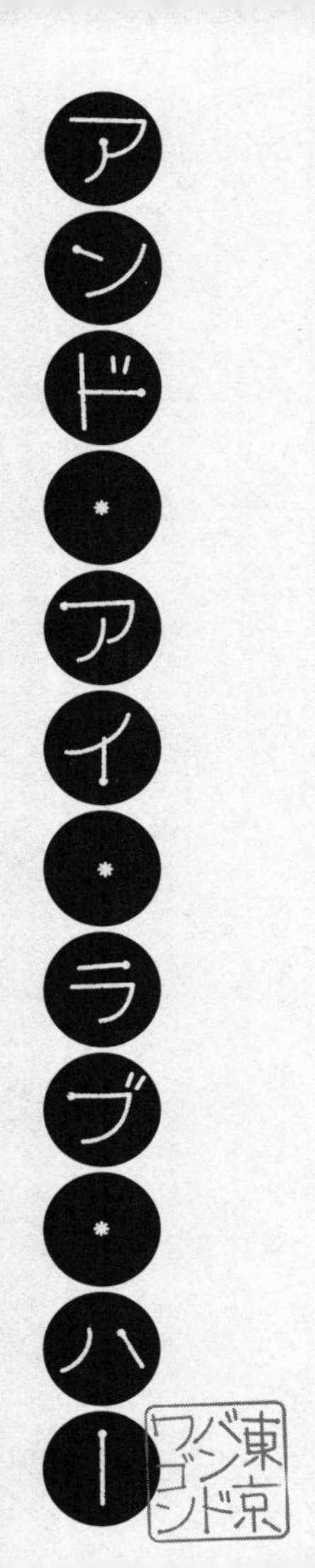
アンド・アイ・ラブ・ハー
東京バンドワゴン

角が取れる、と、よく言いますね。

何事でもそうでしょうが、新しいものは角がピンと立っていて当たり前です。そうでなくては新しくないという見方もあるでしょう。けれども、角が立っているということは、何かが強く当たればその物事に波風が立ってしまうものでもあります。波風どころかそこで大渦が巻きおこってしまうこともありますよね。

角が取れていくというのは、文字通り丸くなっていくこと。年齢や年月を重ねていくことで、何事も波風を立てずにゆるやかに素直に流れていったり、お人柄が円満になったり、洗練されて泥臭さが抜け穏やかな様子になっていくものでしょう。

同じような言葉で、廉を倒さぬ、ともありますね。こちらは器や衣類などが古くなってもその形を崩さずに、きちんと格式を保っていることを言うものでしょう。

角が取れても廉は倒れない。年月が経っても良いものは、たとえ角が取れてもきちんとその良さがそのままに残っていくものですし、やがてたおやかな良い風情になるということでしょう。

わたしが長年住んでおりますこの辺りにはお寺がやたらとたくさんあり、いまだに戦前そして戦後の古びた建物が建ち並び、町が昔の面影を留めたまま、今の姿としてそこにしっかりと残っています。

かつては四角四面に切り取られ置かれた石段も、今は角が取れて丸くなり、苔生した面は優しく柔らかく足元に伝わります。勢いよく枝を伸ばしていた木々は雨風に陽光に晒され、その小さな庭にしっとりと馴染んだ形に収まります。木の匂いを振り撒いていた板塀もその家の暮らしの匂いにくすんでいき、町の匂いを醸し出します。毎日の手仕事の音、子供たちの走り回る足音、両隣にも聞こえる扉や窓を開ける音に、日々の挨拶と笑い声も柔らかく流れていきます。

表通りに建ち並ぶ建物は新しいものにどんどん移り変わり、そこに集う人たちと一緒に流行りの香りと色を振り撒きますが、一歩中通りに入れば煤けて色褪せてもその良さを失わないものがそこここに漂います。

そういう下町の、今にも朽ち果てそうな築八十年近くにもなる日本家屋で、古本屋を営んでいるのが我が堀田家です。

わたしの義理の祖父である堀田達吉が、明治十八年にこの場所に既にあった桜の木の風情に惚れ込んで、土地を買い家屋や蔵を建てて創業したものと聞いています。

〈東京バンドワゴン〉というのがお店の屋号なんですよ。

わたしも初めてその名を聞いたときにはとんでもなく新奇な、それこそピンと角が立ったような名前だと思いましたが、実はかの坪内逍遥先生が本当にひらめきだけで名付けられたそうです。今のこの時代になっても初めて店名を聞いた方は、年代を問わずに「変わった名前で目立ちますね」と仰いますから、さすが坪内先生です。時代を超えた感覚をお持ちだったということなのでしょう。

開業した際に瓦屋根の庇に置いた黒塗り金文字の看板も、長い年月に角が取れて丸く色褪せました。何かの折りに今風のものに取り換えようとか、せめて色だけでも塗り直そうという話は出るものの、結局その風情をそのままにしておくのがいいものだ、というところに落ち着きます。

明治、大正、昭和に平成と時代が変わってもこの店構えを崩すことなく続けてこられ、古本屋の隣で始めたカフェも、今ではすっかり町並みに馴染みました。登記上は家族の女性たちの名前を元にした〈かふぇ　あさん〉という名前なのですが、隣でしかも中では繋がっているのに呼び名が二つあっても紛らわしかろうと、普段はどちらも〈東京バンドワゴン〉で通しています。

あぁ、ごめんなさい。またやってしまいましたね。

ご挨拶もまだなのに、こうして長々とお話ししてしまうのがすっかり当たり前になってしまいました。何せふわりふわりと縦横無尽に漂っても誰の目にも映らないこの姿です。随分とお行儀が悪くなっても咎められないものですからいけませんね。

お初にお目に掛かる方には初めまして。長年お付き合いいただいている常連さんは、いつもありがとうございます。

どちら様にも、大変失礼いたしました。

わたしは堀田サチと申します。

この堀田家に嫁いできましたのは一九四五年、昭和二十年の終戦の年でした。

文字通りわたしの人生を変えてしまった大騒動に巻き込まれたことが、この家に足を踏み入れたきっかけでした。それから堀田のお義父様やたくさんの人に助けられ、そして皆さんに祝福されてお嫁入りをしたことは、以前にお話しさせていただきましたよね。

それからもう七十年ほどの歳月が流れていますが、いつの年も家族や親しい皆に囲まれて、つつましい暮らしながらも賑やかに楽しく、笑顔の絶えない日々を過ごしてくることができました。

賑やかなのはいいのですが、どうも他所様と比べますと、賑やかを通り越して騒がしいほどの出来事が起こったり、騒動に巻き込まれたりするのが行事のような我が堀田家です。その顛末をこうして皆様にお聞かせするようになってからも十数年が経ちましたよね。

相も変わらず、騒ぎも人の出入りもある分だけ磨り減って丸くなるところが多いような我が家ですが、改めて、家族を順にご紹介させていただきますね。

古びた日本家屋である我が家の正面には入口が三つありまして、初めての方を少し戸惑わせてしまいます。表の正面玄関であるはずの真ん中の扉は、実はあまり使われることはありませんので、まずは向かって左側のガラス戸を開いて中へどうぞ。

金文字で〈東京バンドワゴン〉と書かれているそこが、創業当時から変わらず古本屋の入口になっています。この金文字は十年に一度ぐらい、薄れてきたなと思えば主が自ら書き直していますよ。

ガラス戸に取り付けた土鈴が、からん、と音を立て、中に入ると創業時からそのままの形で並ぶ特別製の本棚がずらりとありますね。本棚の間をそのまま奥へ進んでいただくと、三畳分の畳が敷かれた帳場の文机に頬杖して不機嫌そうな顔で本を読み煙草を吹かしていますのが、わたしの夫であり〈東京バンドワゴン〉三代目店主の堀田勘一です。

ご覧の通りの大柄でごま塩頭に仏頂面。一見して強面ですがそこは客商売。愛想は悪くはありませんし、古本のことであればあらゆることに嬉々として答えますのでどうぞ怖がらずに話しかけてください。お子さんや女性には特に優しいですよ。

次の誕生日が来れば八十七歳になりますが、四人いる曾孫が結婚するまでは、あるいは一人前になるまでは絶対に死なねぇぞ、と常日頃から申しております。その言葉通り、毎日快食快眠で、このまま百歳を越えても矍鑠としているのではないかと皆が思っています。孫に言われて始めた健康のためのウォーキングも、一日五キロ六キロと歩いて平気な顔で戻ってきますし、最近は全身のストレッチも小一時間やるようになりました。お医者様にも身体（からだ）はまだ六十代のようだと驚かれていますよ。

あぁ、帳場の壁に書かれた墨文字が気になりますか。

〈文化文明に関する些事（さじ）諸問題なら、如何（いか）なる事でも万事解決〉

これは、我が堀田家の家訓なのです。

創業者である堀田達吉の息子、つまりわたしの義父であります堀田草平（そうへい）は、大正から昭和に移り行く世に善き民衆の羅針盤に成らんと、志も高く新聞社を興そうとしましたが、時代と様々な事情がそれを許さず道半ばで断念することとなりました。しかし家業であった古本屋もまた、善き人々が求める智（ち）の羅針盤に成り得ると心機一転、お店を継いだのです。「世の森羅万象は書物の中にある」というのがお義父様の持論だったことから、これを家訓にと書き留めたそうです。

お義父様としては、膨大にある書物を繙（ひもと）きながらいろんな疑問に答えよう、というぐらいのお気持ちだったらしいのですが、ご近所さんや噂（うわさ）を聞いた方々からたくさんの些事どころか難題や事件が持ち込まれ、一時はまるで探偵のように万事解決のために東京中を走り回っていたとか。その辺りのお話もお義父様は自ら書き物に残していますから、いつか皆様にお聞かせできる機会があるかもしれません。

実は我が家の家訓は他にもたくさんありまして、壁に貼られた古いポスターや、カレンダーを捲りますとそこここに現れます。

曰く。

〈本は収まるところに収まる〉

〈煙草の火は一時でも目を離すべからず〉

〈食事は家族揃って賑やかに行うべし〉

〈人を立てて戸は開けて万事朗らかに行うべし〉等々。

トイレの壁には**〈急がず騒がず手洗励行〉**、台所の壁には**〈掌に愛を〉**。そして二階の壁には**〈女の笑顔は菩薩である〉**という具合です。

家訓という言葉も今は使われることがほとんどないのでしょうが、我が家の家族は老いも若きもできるだけそれを守って、日々を暮らしていこうとしているのですよ。

帳場の脇にある書棚の前で持ち込まれた古本の整理をしているのは、孫の青のお嫁さんであるすずみさんです。

国文学科出身で古本が大好きという、古本屋としてはこの上ないほどのお嬢さんなのですが、お嫁に来るときには大学教授だったお父様と我が家の関係で、いろいろとごたごたがありました。それでも今では青の妻としてそして一児の母親として、古本屋の看板娘どころか知識だけなら勘一も舌を巻くほどで、我が家になくてはならない存在になっています。いくつになっても変わらない愛くるしい笑顔で、本当に周りを明るくさせてくれるのですよ。

実はわたしの曽孫である花陽とは腹違いの姉妹という複雑な関係なのです。そのせいで、一時は多少ぎくしゃくもしましたが、今では二人とも実の姉妹のように仲良く暮らしています。

さ、どうぞご遠慮なく家の奥へ。帳場の横を通り抜けて上がってください。そこからが我が家の居間になります。

ごめんなさい、いきなり金髪長髪で長身の男が立っていたら驚きますよね。けれども決して危ない男ではないので安心してください。

わたしと勘一の一人息子で、我南人といいます。

ご存じでしたか。ロックミュージシャンというものを商売にしていまして、それなりに有名人みたいですね。もう高齢者と呼ばれる六十後半にもかかわらず、若い頃と変わらないご覧の通りの風貌なのですよ。ダメージジーンズなんて呼んで穿いていますけど、ただの破れたジーパンですよね。

巷では〈伝説のロッカー〉〈ゴッド・オブ・ロック〉などと呼ばれてもいるようでして、古本屋にもカフェにも我南人に会いたくてやってくるお客さんがたくさんいますので、営業的には非常に助かっていますよ。

もう少し若い頃にはツアーだなんだとふらふらしていて、一体いつ帰ってくるものかまったくわかりませんでしたけれども、最近は自らのバンド〈LOVE TIMER〉も活動休止中で、孫の相手をするのが楽しいらしくてよく家にいるようになりました。

居間の大きな一枚板の座卓で、資料や本に囲まれるようにしてノートパソコンのキーボードを叩いているのは、その我南人の長男でわたしの孫の紺です。

大学講師の傍ら古本屋の裏側を取り仕切っていたのですが、今はライターとして、そして小説家としても本を幾冊か出し好評を得て、連載も抱えているようです。自分の部屋があるのですからそこでゆっくり執筆に専念すればいいものを、育った環境でしょうね。静かだとかえって落ち着かないとかで、いつもこうして皆が集う居間で仕事をしています。

何かにつけて派手に動きたがる我が家の男たちの中にあって、ただ一人常に冷静沈着で、知恵も勘も働きますから騒ぎが起きたときには本当に頼りになるのです。ただし顔も性格も地味なので、普段はいるのかいないのかよくわからないとは言われますね。

その向かい側で古い雑誌の拭きとり掃除をしているのが、紺の弟である青です。

我南人の次男なのですが、実は青だけ母親が違います。大学を卒業後に旅行添乗員という職を得ましたが、今は執筆に忙しい紺に代わって、こうして古本屋を妻のすずみさんと一緒に支えてくれています。雑誌の表紙などはああして汚れを取るために薄めたアルコールで拭くこともあるのですよ。
ご覧の通り、紺とは百八十度違いそこらのモデルも裸足で逃げ出すほどの、お母様譲りの見目麗しい容貌をしています。請われて俳優をやったこともありますし、妻も子もいるとはいえ、カフェでコーヒーを運べば年代に関係なくご婦人方の熱い視線を受け続けます。俳優としての青のファンだという方も多く常連さんになってくれているのですよ。

喉が渇きませんか？ どうぞカフェの方もご覧になってください。

コーヒーはもちろん紅茶やジュース、スムージーといったものもありますから、どうぞお好きなものを頼んでください。

カフェの壁にはご覧の通り、日本画に油絵水彩画とたくさん並べられギャラリーにもなっています。あれは、今はイギリスで暮らしている、孫で我南人の長女の藍子と、その夫のマードックさんが制作したものです。日本画はマードックさんの作品で、その他は主に藍子のものです。

見た目も性格もおっとりと柔らかい当たりの子だった藍子は、その胸の奥に熱いものを秘めていたのでしょう。大学在学中に家庭を持つ教授であるすずみさんのお父様と道ならぬ恋に落ち、一人娘の花陽を授かりました。父親が誰であるかは家族にも告げずに、いわゆるシングルマザーとして生きてきたのですよ。

その藍子と結婚したのがイギリス人で日本画家のマードック・グレアム・スミス・モンゴメリーさんです。学生の頃に訪れた日本の芸術と古いものに心魅かれて移住し、一目惚れした藍子とご近所さんとして暮らすうちにいろいろとありましたが結ばれて、ずっと我が家で暮らしてきました。今は藍子と一緒に、イギリスのご実家でご両親と一緒に過ごしています。

　真っ赤な可愛らしいエプロン姿でカウンターの中で洗い物をしているのが、紺のお嫁さんの亜美さんです。

　美しいでしょう？　四十の坂を越えたというのにその美しさはますます磨きがかかり切れ味さえ感じるほどです。結婚前は国際線のスチュワーデスとして働いていた才色兼備で、どうしてこんなにも素敵な女性が、地味で大人しい紺に惚れて一緒になってくれたのか、今もって堀田家最大の謎と言われているのですよ。

　このカフェも、我南人の奥さんの秋実さんが亡くなり重く沈んでいた我が家を家計も含めて立て直そうと、亜美さんがその人脈を駆使して造ったものなんですよ。スチュワーデス時代に培ったらしいブランド品や美術品の知識も人一倍で、古物商でもある我が家の商売にも大いに貢献してくれています。

　ただいま、という声が聞こえてきましたね。裏の玄関から居間に入ってきた学生服の、ギターを背負った男の子は紺と亜美さんの長男で高校二年生の研人です。

そうなんですよ、ご存じでしたか。祖父の我南人譲りの音楽の才があったらしく、今は高校生ながら、インディーズというんですか、同級生たちとバンドを組んでミュージシャンをしています。くるくるの巻き毛が可愛らしく、まだあどけなさも残る顔立ちの優しい男の子なのですが、既にプロの方に楽曲を提供していたりして、大人並みに稼ぐ一面も持っています。

一緒に帰ってきたセーラー服の女の子は、芽莉依ちゃんです。研人と同い年なのですが、小学生の頃からずっと仲良しで、ご両親が北海道へ転勤したのを機に我が家で一緒に暮らしています。家族同然ですし、研人の婚約者と言ってもいいでしょう。長い黒髪に形の良い大きな瞳、笑うと笑窪が可愛らしく清楚なお嬢さんなのですが、これが実に才気煥発な子で、東大を目指して受験勉強中です。将来は国際的な仕事をしたいという大きな目標を持っているのですよ。

あら、どこかで一緒になったのですね。大きな鞄を持って入ってきた、芽莉依ちゃんと同じように髪が長く、眼鏡を掛けている女の子は藍子の娘の花陽です。医者になると決めて猛勉強を続け、努力の甲斐があり目出度く医大に入学した大学一年生です。

この花陽と研人はいとこ同士ですが、生まれたときからずっと同じ家で一緒に育ってきましたし名字も同じですから、周囲からは姉弟と思われることが多いのです。本人たちもほとんどそういう気持ちですよね。

そして、お話ししたように花陽とすずみさんは異母姉妹であり、義理の姪と叔母でもあるという複雑な関係です。それがわかってからしばらくはお互いに様々な思いはあったのですが、元々二人には何の責任もないこと。今は家族として何のわだかまりもなく、妹と姉、そして義理の姪と叔母という立場を自分たちで楽しく行き来しながら、仲良く毎日笑顔で暮らしています。

そちらは我が家の台所。昔から人の出入りが多かったですからこのようにお店の厨房のように広いのですよ。割烹着姿の女性は、わたしと勘一にとっては妹同然の大山かずみちゃんです。

戦災孤児となって縁があった堀田家に引き取られたかずみちゃん。堀田家に来たのはわたしよりも早かったのです。お医者さんだったお父様の遺志を継いで医者となり、ずっと無医村を渡り歩き地域医療に貢献してきましたが、七十を越えたのをきっかけに引退して帰ってきてくれました。毎日忙しい我が家の女性に代わって、小さな子供たちの面倒や家事一切を取り仕切ってくれています。きっと花陽が医者を志したのもかずみちゃんの存在があったからだと思います。

賑やかな声が庭から聞こえてきましたね。

居間の縁側の向こう、離れと蔵がある我が家の庭で二匹の犬と遊んでいる女の子二人とそれを見守る和装のご婦人。

そのたおやかな後ろ姿だけで、もうご紹介する必要もないでしょう。青の産みの母親であり、日本を代表する女優の池沢百合枝（いけざわゆりえ）さんです。このところ女優業はずっとお休みしていまして、ご近所の小料理居酒屋〈はる〉さんのお手伝いをしています。

　そして二人の女の子は、わたしの曽孫で紺と亜美さんの長女かんなちゃんと、青とすずみさんの一人娘である鈴花（すずか）ちゃんです。偶然にも同じ日に、しかもほぼ同時刻に生まれて先日六歳になったばかりのいとこ同士ですね。はい、そうなんです。池沢さんが鈴花ちゃんのおばあちゃんということになりますけれど、池沢さんは二人ともに分け隔てなく、祖母として接してくれています。

　文字通り生まれたときからずっと一緒で、自分たちを双子か姉妹かと思っていたようですが、もう次の春で小学生です。自分たちは〈いとこ〉というのをしっかり理解したようですよ。生まれた頃にはとても似ていた容姿も性格もはっきりと個性が出てきました。元気ではきはきしていて、大きな瞳で笑顔が似合うかんなちゃん。おっとりしていてはにかみ屋さんで、涼しい目元が少し大人っぽい雰囲気なのが鈴花ちゃんです。

　いつものことながら、こうして家族を全員紹介するだけでも時間を取ってしまいますね。母親が違っていたり、すずみさんと花陽のような複雑な関係もあったり、血縁者ではない人も。それでも、皆が同じ屋根の下で暮らす家族なのです。

　そうそう、忘れていました。我が家の一員である猫と犬たちは、猫の玉三郎（たまさぶろう）にノラにポコにベンジャミン、そして犬のアキとサチです。玉三郎とノラというのは、我が家の猫に代々付けられていく名前でして、少し前に代替わりしました。二匹はまだ二歳ほどの若い猫なので、いちばん元気に家の中を走り回っていますよ。

最後に、わたし堀田サチは、七十六歳で皆さんの世を去りました。

昭和二十年の終戦の年、思いも寄らぬ縁でこの堀田家の敷居を跨ぎ勘一と結ばれ、それから六十年近く、賑わしくも和やかな日々を過ごさせてもらいました。

幸せで満ち足りた人生でした、と、何の心残りもなく、家族と縁者の皆さんに看取られながらゆっくりと眼を閉じたのです。

何がどうしたのでしょうね。気づけばこの姿になり、自分のお葬式にも参列してしまいました。そして、そのままこの姿でずっとこの家に留まっていられるのです。家どころか行こうと思えば皆と一緒に外国を駆け回ることもできました。

確かに孫や曽孫の成長を楽しみにはしていましたので、どこかにいるどなたかが粋な計らいをしてくれたのかもしれません。いずれは、先に旅立っていった人たちのいるところに向かえるのだとは思いますが、それまではずっと家族の皆を見守るつもりです。

そうそう、人一倍勘の鋭い紺は、わたしがいることに気づいていて、見えないまでもときどきは話もできるのです。その血を引いたのですかね。曽孫の研人はわたしの姿が見えますし、妹のかんなちゃんはいつでもどこでも姿が見えてお話もできるのですよ。

でも、それは三人の、いえ、わたしと鈴花ちゃんも含めて五人だけの秘密です。

いつもいつも最初のご挨拶が長くなってすみません。

こうして、まだしばらくは堀田家の、そして〈東京バンドワゴン〉の行く先を見つめていきたいと思います。

よろしければ、どうぞご一緒に。

秋 ペンもカメラも相身互い

一

秋の深まりとともに風に混じる冷たさが増してきます。

その風の中に、時折ふわりと冬の香りのようなものを感じる日があるのは、決して気のせいではないですよね。どういう香りかを言い表すのは、ちょっと難しいのですけれど。

雪国の方々は、この頃になると雪の匂いがするのがわかるとか。残念ながらわたしたちにはあまり馴染みのない感覚なのですが、案外それは冬の香りと相通じるものなのかもしれません。

庭に素焼きの広口鉢が置いてありまして、そこには野鳥のために水を張っておくことが多いのです。その鉢の水に落ち葉が浮いた朝などに、あぁ冬が近いな、と思うことも多いのですが、今年はまだその朝が来ていません。でも、それもそろそろなのかと思う日々が続きます。

我が家の庭の遅咲きの秋海棠（しゅうかいどう）ですがこの秋には早々に咲いてくれましたよね。その花が散ってしまうと、秋の風情も終わりに近づく頃なのかと思います。秋の訪れを告げた金木犀（きんもくせい）の香りもすっかり薄らいでいってしまいました。

それほど大きくはない庭ですが、移り変わる季節を日々感じられるというのは、毎日をきちんと暮らしているということですよね。庭いじりが好きだった秋実さんやわたしがいなくなった後は、主に青やすずみさんが庭の手入れをしてくれていたのですが、最近は花陽や芽莉依ちゃんがよく様子を見てくれています。かんなちゃん鈴花ちゃんもお庭に花を植えたいと言い出すこともありますね。

そういえば何年前でしたか、亜美さんがお友達から貰（もら）ってきた蝦蛄葉（しゃこば）サボテンは、余程我が家が気に入ったのか手入れが良かったのか、どんどん大きくなって株分けして、その数が増えに増えました。カフェはもちろんですが、お隣の〈藤島（ふじしま）ハウス〉やご近所さんにも配るぐらいに増えたのですよ。カフェがダメになったら案外お花屋さんでもいいんじゃないかしら、と皆で冗談を言うほどでした。

我が家の愛犬であるアキとサチの毛も冬毛に抜け替わっていって、そうするとどんどん散歩の時間が長くなっていくのです。もう帰ろうとリードを引っ張っても、まだイヤですよ、と足を突っ張ったりするんです。冷たい空気は運動するのにもってこいなので しょうかね。

アキとサチの散歩をするのは主に男性陣で、研人が小さい頃はよく一緒に行っていました。紺や青はもちろん、マードックさんも我が家にいた頃はよく散歩させていましたが、近ごろは、家にいることが増えた我南人が主に二匹を散歩させています。いつまでも若い様子の我が息子ですが、もう六十後半ですし、一度手術もしています。それでも、ステージに立つミュージシャンというのは意外と身体をきちんと鍛えている人が多いそうで、我南人も実はジムに通ったり走ったりもしているようです。そうでなければ二時間近く楽器を弾きながら動き回ったり、歌を唄い続けたりはできないのでしょうね。

ウォーキングを日課にしている勘一が散歩に出てもいいのでしょうけど、まだアキとサチは元気で力も強いのですよ。基本的には大人しい犬ですが、若い人でも二匹の犬を連れて散歩させるのは少し難しいのです。何かあったときに、引っ張られて転んだりしても困りますからね。

まだ若い猫の玉三郎とノラは寒くなってきても二匹でじゃれあって家の中を走り回ったり、気がつくと二匹でくっついて丸まって寝たりして仲良しです。もういつ尻尾が分かれても不思議のないポコとベンジャミンは、この時期は縁側や古本屋の暖かく陽差しの入るところや、勘一の座る帳場のオイルヒーターの前から動かないことが多くなりますね。

この春に花陽が大学に合格し、藍子とマードックさんがイギリスに行き、そして夏には芽莉依ちゃんがわたしたちと一緒に暮らすようになって、〈藤島ハウス〉と我が家の間での家庭内引っ越しが重なり机や衣装ケースがあちこちで入れ替わりました。

藍子とマードックさんの秋冬ものがまだこちらにあったものですから、それをイギリスに送るためにまた衣装ケースを引っ張り出してきました。そしてそのついでにと全員の分の冬物の衣替えもやってしまいます。

何せ古本屋とカフェの仕事をこなしながらの大家族の衣替えですからね。亜美さんとすずみさん、かずみちゃんに加えて、花陽と芽莉依ちゃんも一緒に手伝います。かんなちゃん鈴花ちゃんの服はあっという間に小さくなって、着られないものを整理したり新しいものを買ったり、ママ友同士でお下がりを交換したりと、お母さんは本当に忙しいです。

そんな慌ただしい中で、また一件、引っ越しがあるのです。

〈藤島ハウス〉の管理人室に、我が家の隣人である会沢夏樹さん、玲井奈ちゃんご夫妻に娘の小夜ちゃんの家族が住むことになりました。玲井奈ちゃんが藤島さんに頼まれて正式に〈藤島ハウス〉の管理人になったのです。

管理人のお仕事は、毎日帰ってくるわけではない藤島さんの部屋の掃除も含んだアパート全体のお掃除や荷物郵便の受け渡しに、冷暖房機器の管理点検など様々です。小さな庭もありますし、町内会では管理人さんがアパートの代表として、夜回りやらいろんな行事にも参加しています。

　でもちゃんとお給料も支払われますし、光熱費はかかりますがお家賃はタダですからね。夏樹さんも玲井奈ちゃんも将来自分たちの家を建てるために貯金が出来ると随分喜んでいました。

　そして、一緒に住んでいた玲井奈ちゃんのお兄さん、増谷裕太（ますたにゆうた）さんと野島真央（のじままお）さんの結婚式は、我が家で来年三月に行うことに決まりました。何でも真央さんの誕生日が三月なんだそうですよ。

　結婚すれば我が家の裏の増谷家に真央さんがやってきて、裕太さんのお母さんと一緒に暮らすことになります。またひとつ、ご近所の新しい家族が増えることになりますね。

　先日、倒れて入院してしまった我南人のバンド〈LOVE TIMER〉のドラムスであるボンさんは、まだ病院のベッドで頑張ってくれています。

　いつ、その日が来てもおかしくないという状況は変わらないのですが、幸いにも小康状態が続いていまして、一人息子の麟太郎（りんたろう）さんは毎日仕事帰りに病室に行ってます。お付き合いしている花陽も学校帰りや休みの日には麟太郎さんと連絡を取り合い、お見舞いに通っているようです。

実はこの秋は、秋実さんの十三回忌だったのです。無宗教である我南人と秋実さん、お葬式もお別れ会だけでしたし、これまでの回忌も皆で集まって済ませました。月命日にはいつもお墓にお参りしていますから、今回も仰々しいことは考えていませんでした。

　何よりも、ボンさんがそういう状態なのです。我南人と秋実さんが出会ったときに一緒にいたのは〈LOVE TIMER〉の皆です。それからずっと一緒に、人生を歩んできた友なのです。特別なことはせずに、皆で我が家で晩ご飯を食べながら秋実さんの思い出を語り、ボンさんのために祈りました。

　そんな十月も終わろうとしている土曜日の朝。

　相も変わらず堀田家は朝から騒がしく始まります。

　これまで二人で眠る部屋をその日の気分で決めていたかんなちゃん鈴花ちゃんですが、つい何日か前から二階の自分たちの部屋になるところで眠ることにすると言い出しました。急にどうしたのかと思いましたが、花陽や研人が隣の〈藤島ハウス〉に移ったり、大好きな芽莉依ちゃんが一緒に住み始めたりといろいろ変化がありましたから、何かが二人の中にも芽生えたのでしょうかね。

　まだ幼稚園の年長さんですから、お父さんお母さんの間で一緒に寝ていても全然おかしくないですし、紺と亜美さん、青とすずみさんのパパママコンビが淋しく感じるのではないかと思ったのですが、そんなことはなかったですね。あらそう、じゃあお布団を部屋に運ばなきゃ手伝ってね、とあっさりそうなりました。

まぁ歩けるようになった頃から、ずっと二人は家族皆のあちこちの部屋で眠っていて、お父さんお母さんと一緒に布団にいる時間の方が少なかったぐらいですからね。早々に愛娘（まなむすめ）に自立心が芽生えて大きく育ったかと喜んだぐらいでしょうか。

それでも一度試したときのように、いざ二人きりで眠ってみたら淋しくなって、また夜中に起き出すのではないかとわたしも見に行ったりもしていたのですが、今度は全然平気だったようです。まだほとんど何もない部屋で、二人でくっつくようにしてすやすやと毎日よく眠っています。どちらかと言えば少し甘えん坊な鈴花ちゃんが、かんなちゃんの布団に入っていることが多いようですね。

小学校に上がるときに用意する勉強机は、かんなちゃんのおじいちゃんおばあちゃんである脇坂（わきさか）さんご夫妻が絶対に用意するからと予約済みです。そして鈴花ちゃんのは、おばあちゃんである池沢さんが、ぜひにと。

そんなことはいいですよ、とは言えませんよね。お値段もあれですからじゃあランドセルでもとなりますけど、今時のランドセルはものすごく高価なものがありますから、そういうのを買われても困ります。小学生向けの学習机ならば、まぁどんなに豪華になっても限りがあるでしょう。

朝一番に起きて、〈藤島ハウス〉からやってくるかずみちゃんが台所で準備を始める頃には、かんなちゃん鈴花ちゃんは自分たちで起きて、勢い良く飛ぶように廊下を走って〈藤島ハウス〉へ研人を起こしに向かいます。それはもういつもと変わりませんね。毎度感心しますけど、かんなちゃん鈴花ちゃんの寝起きの良さは素晴らしいですよね。花陽や研人があの頃には誰かに起こされるまでずっと眠っていたものですよ。あ、研人は今もそうですね。

亜美さんにすずみさんも起きてきて、花陽と芽莉依ちゃんも〈藤島ハウス〉からやってきて、皆で一緒に賑やかにお喋りしながら朝ご飯の支度に入ります。

居間の真ん中に鎮座まします欅の一枚板の座卓は、大正時代に手に入れたものだと聞いています。もうすっかりその当時とは表面の色合いが変わっていると思うのですが、一度も塗り替えたりはしておらず、飴色のいい風情のままです。昔の職人さんの技の見事さなのでしょうね。

この人数が並んで座れる大きさの座卓ですから、相当に重いのです。おそらく普通の家では土台が長い年月には耐えきれないだろうとのことですが、元々が古本屋を開業するために造られた日本家屋です。本の重みを支えるためにどこの部屋でも柱や床下の強さは折り紙付きだとか。何十年経っても居間の床が軋んだりすることはありません。

朝ご飯の支度の音が響く頃に、勘一がのそりと起きてきます。青とすずみさんが結婚するまではずっと自分の部屋だった離れに久し振りに戻り、何だか慣れねぇなと言っていましたが、そもそもが自分の生まれ育った家ですからね。すぐに調子を取り戻し、自分で新聞を取ってきてどっかと上座に腰を据えます。

かんなちゃん鈴花ちゃんにダイブされて起こされた研人が寝ぼけ眼で居間に現れると、我南人と紺と青も、それぞれに二階からやってきます。我南人は勘一の向かい側にすぐに座りますが、いつものかんなちゃん鈴花ちゃんの席決めがないと他の男性陣は座れませんね。

あぁ、藤島さんが、おはようございます、とやってきました。昨夜は〈藤島ハウス〉の自分の部屋で眠ったのですね。ちょっと前まではすぐにでも会社に向かえるようなスーツ姿や、きちんとした身なりでやってきたものですけど、近頃は普段着のままで来るようになりました。

「めりいちゃん！　おはしをおくのでおねがいしますよ」

「はいはい」

「今日は、あかぐみとしろぐみにわかれます」

「あかぐみはおんなでしろぐみはおとこです」

「かんなとすずかはどっちでもないピンクぐみでここです。いじょうです！」

何だか最近は随分と簡単になってきましたよね。芽莉依ちゃんもすっかり慣れて、了解しました！　と、箸置きとお箸を順番に座卓の上に並べていきます。

そうそう、わりと似たようなお箸が多かったのですが、それでは新しく住むようになった芽莉依ちゃんも迷うだろうからと、全員分のお箸をできるだけわかりやすいように替えました。

紺と青は名前の通りに紺色と青色のお箸、亜美さんとすずみさんは朱色と赤色、勘一と我南人は黒と灰色、研人は何故かウルトラセブンのお箸です。花陽と芽莉依ちゃんとかずみちゃんは花模様。藤島さんは茶色に金が散ったお箸で、これはお客様用にお出ししているもの。かんなちゃんと鈴花ちゃんはピンクの可愛らしいものですよ。

箸置きはしょっちゅう替わるのですが、今はすずみさんが気に入っている猫が眠っている様子の箸置きです。我が家にはなんと明治時代の箸置きもきちんと保管してありますよ。

今日の朝ご飯は白いご飯におみおつけ。おみおつけの具はじゃがいもと玉葱(たまねぎ)に、枝豆がたっぷり入っていますね。枝豆は勘一の幼馴染みの祐円(ゆうえん)さんからのお裾分けで、オムレツにも入れたようで彩りがいいですね。レンコンの金平(きんぴら)とおから、秋茄子(あきなす)と鶏肉の甘辛炒めは昨夜の残り物をそのまま出して、あとは焼海苔(やきのり)に胡麻(ごま)豆腐と梅干し。おこうこは我が家の定番になった大根のビール漬けですか。

皆が揃ったところで「いただきます」です。

「今朝は随分冷えたけどよ、かんなちゃん鈴花ちゃんは寒くなかったか？」

「あれー、めりいちゃん、かみきった？」

「あ、これ枝豆だったんですね」

「じいちゃん、あのさ、焦げ茶のウエスタンなシャツってまだ持ってた？」

「さむくないよー」

「そういや研人、何で箸がウルトラセブンなんだ？　お前好きだっけ？」

「かんなとすずかはね、あしたきるんだよ」

「ひょっとして藤島さん、グリーンピースかと思った？　苦手？」

「え？　切ってないけど短く見えた？」

「あれはぁあ、青が持っていったんじゃないかなぁ」

「え？　切るの？　ママ聞いてないよ？」

「いやこれかんなと鈴花ちゃんが決めたんだって言ってたけど」

「かずみちゃんだいこんとんだ！」

「子供みたいですけど、実は苦手です」

「革の奴か？」

「ごめんねぇ、この大根活きがよくて箸で摑めなかったみたい」

「え、かんなちゃん鈴花ちゃん、ウルトラセブン知ってるんですか？」

「そう、革の。ウエスタン、最近いいんだよね」

「気が合うわね藤島さん。私もなの。だから私が作る料理には一切使わない」

「けんとにぃはね、ウルトラセブンなんだよ」

「あらえばだいじょうぶだよ」

「おい、黒ニンニク貰ったよな？　一個出してくれや」

「本当にすっごい今更ですけど、藤島さんってけっこう好き嫌いあるんですか」

「ステージで着るのか？　タンスに入ってるから持ってっていいぞ」

「え、何がぁあ？」

「まだ手が震えるのは早いだろうよ」

「すずかがとってあげるー」

「かんな、鈴花ちゃん、本当に髪の毛切るの？　全然平気だとママ思うんだけど」

「ねぇ、何がウルトラセブン？」

「そんなにはないんですけど、実はパインがダメなんですよね」

「はい、旦那さん。黒ニンニクです」

「顔が似てるとか？」

「この通りまだ手はよく動くよ」

「じゃあまだいいかな」

「旦那さん！　どうして黒ニンニクをお味噌汁に入れるんですか!?」

「味噌汁にニンニク入れたっておかしかねぇだろうよ」

　確かにおかしくはないですけど、黒ニンニクというものは、そのまま食べるためにわざわざ長い時間掛けて作っているのに、どうしておみおつけに入れてしかも溶かそうとするのですかね。すずみさん、顔を顰めて唇を歪めましたよ。

「わかりました。じゃあ今度黒ニンニクをパスタとかに刻んで入れてみましょうか」

「おっ、それは旨そうだな」

　そうしてあげてくださいな。

「藤島よ、今日玲井奈ちゃんが管理人室に引っ越すからよ」

　そうですね。今日は土曜日で夏樹さんもお仕事がお休みなので、〈藤島ハウス〉の管理人室への引っ越しをする予定になっています。我が家からもそこの住人であり、学校が休みの研人や花陽や芽莉依ちゃんが手伝いますよ。

「はい、僕はお手伝いできませんが、よろしくお願いします」

「大家に手伝い期待するのはお門違いだろうよ。しっかりやっておくから安心しな」

「かんなもてつだうよ！」

「すずかも！」

　二人が勢い良く手を上げます。

「かんなちゃんと鈴花ちゃんは、小夜ちゃんと一緒に遊んでいてね」

「あそばないよ？　さよちゃんもてつだう」

小夜ちゃんは、夏樹さんと玲井奈ちゃんの一人娘。仲良しの三人組なんですが、小夜ちゃんはひと足早く小学生になりました。この時期のひとつ違いはけっこう差が出ますよね。きっと小夜ちゃんは楽しく遊びつつも、お姉さんとしてかんなちゃん鈴花ちゃんの面倒を見てくれますよ。

「急に三人も家からいなくなっちゃうのは、すぐ近くにいるとはいっても三保子さんも淋しいでしょうね」

亜美さんが言います。裕太さんと玲井奈ちゃんのお母さん、三保子さんも賑やかなことが好きな人ですからね。

「なぁに、ようやく娘も一人前になるってホッとしてるかもしれないぜ。それによ、なんていっても今度ぁ息子の嫁が来るんだ。楽しみでしょうがねぇんじゃないか」

「でも、あれですね」

藤島さんです。

「裕太くんも夏樹くんも、将来家族で住める家を建てるって頑張っていますけど、いっぺんに郊外にでも引っ越しちゃったらそれこそ堀田家が淋しくなりますね」

皆が、まぁねぇと頷きますが、それはまだもう少し先の話でしょうし、出会いがあれば別れもあるのが世の常ですよ。いつか花陽だって研人だって、この家を出ていくときが来るでしょうしね。

「ふじしまん」

皆が話しているのをきょろきょろしながら聞いていたかんなちゃんが、藤島さんを呼びました。

「何ですかかんなちゃん」

「しんぱいいらない」

「しんぱいしなくていいって」

「え？」

「心配いらない？」

藤島さんに続いて紺も、皆も首を捻（ひね）りました。

「何が心配いらないの？」

「かよちゃんとりんたろーさんがけっこんして、いっしょにすむから」

「けっこんしたらあかちゃんもできる！　さみしくないよ！」

思わず花陽が噴き出しそうになりました。

「かんなちゃん鈴花ちゃん！　それは」

それは、と、言った花陽に皆が注目してしまいました。

皆もかんなちゃん鈴花ちゃんの無邪気な発言に、ここは一体なんと返せばいいかわからなかったですよね。わたしもですよ。

「それは」

花陽が口ごもります。かんなちゃん鈴花ちゃんはきらきらした澄んだ瞳でニコニコしながら花陽を見ていますよ。子供の瞳ってどうしてあんなにもきれいなのでしょうね。見る度に思いますよ。

「そうなったら、そうね、もっと賑やかになって楽しいかもね」

「でしょー」

「でしょー」

花陽の頬が真っ赤になっています。全員がもうにやにやしたり苦笑したり笑いを堪えたりして、静かになってしまいました。ここは下手にからかって花陽を怒らせたら大変ですからね。

それにしてもかんなちゃん鈴花ちゃんがこんなにおしゃまさんなのは、一体誰に似たんでしょう。お母さんである亜美さんとすずみさんも、そういう女の子だったのでしょうかね。

朝ご飯を終えると、いつものようにそれぞれに後片づけと仕事の準備です。

土曜日なので子供たちは学校も幼稚園もお休みで、バタバタと着替えたり支度もありませんから、平日よりは少しのんびりしています。

家事一切を取り仕切るのはかずみちゃんですが、休みの日には花陽と芽莉依ちゃんも朝食後の後片づけを手伝います。一口に家事と言っても、洗い物の他にそれぞれのシーツや枕カバーを何日か置きに洗濯したり、毎日のご飯の買い物をしたり、お店以外の部屋の掃除をしたりとやることは山ほどあります。

かずみちゃんは七十後半とは思えないほど元気にくるくると働いてくれますが、近い将来を考えて家事分担をきっちりやらなきゃと花陽はよく言ってます。自分の部屋の掃除はそれぞれがちゃんとするのはもちろん、ごみをまとめたり、洗濯物は自分で干したり取り込んだり畳んだりですよね。我が家では仏間に乾いた洗濯物が山と置かれたら、手の空いている人が畳んでおいて、自分のものは自分で持っていくことになっています。もちろん勘一だって例外ではありませんよ。

「おはようございます！」

裏の玄関の戸が開く音がして、和ちゃんの声が響きました。

「おはよう。よろしくねー」

藍子がマードックさんとイギリスに行ってしまってからは、玲井奈ちゃんがほとんど毎日亜美さんと一緒にカフェのカウンターに入ってくれていたのですが、玲井奈ちゃんはこれから管理人の仕事もあります。両方をフルタイムでやるのはさすがに無理です。休日には花陽や芽莉依ちゃんも手伝ってくれますけど、花陽の大学のお友達の君野(きみの)和ちゃんが休日にアルバイトで入ってくれることになったんですよ。実家が喫茶店の和ちゃんはカフェの仕事は何でもできるのでいきなり重要な戦力なんです。

「おはよーございまーす！」

「おはよーございまーす！」

雨戸を開けて、開店と同時に来てくれる常連のご近所さんへご挨拶するのも、かんなちゃん鈴花ちゃんはすっかり慣れました。ちょっと前までは二人ともほとんどお遊びと変わらなかったのですが、近ごろはちゃんと家のお仕事と思ってやっているような気配がしてますね。メモを持って注文を取る姿もどんどん様になってきていますし、字も上手になってきました。二枚看板の看板娘になる日も近いと思います。

モーニングメニューである朝粥(あさがゆ)やベーグルやホットドッグのセット。土曜日ですから出勤前に来てくれる常連さんのスーツ姿は減りますが、その分少し遅い時間帯に朝ご飯を食べに来てくれる方が増えますね。

物書きとしての仕事が常に入るようになっている紺は、いつものように居間の座卓の一角でノートパソコンを開いて仕事です。青がカフェに出ている分、古本屋の細かな事務作業をやることもあります。仕事量が増えて大変そうにも見えますが、昔からずっとやっていることですからね。

バンドの活動が休止中の我南人は、家の中をふらふらしながらカフェにやってきたお客さんの相手をしたり、かんなちゃん鈴花ちゃんの相手もします。昔から腰の軽い男ですから、忙しい親に代わって二人を連れてどこにでも出かけてくれて助かりますよね。今は居間でのんびりと新聞を読んでいますから、何かあればかんなちゃん鈴花ちゃんの面倒を見てくれるのでしょう。

高校生ですがミュージシャンとしても活動している研人は、休みの日には音楽三昧です。今日も朝ご飯を済ませると、ほとんどスタジオと化している〈藤島ハウス〉の自分の部屋にさっさと引っ込んでいきました。部屋で作曲したり、バンドの皆と練習に出たりと自分の時間を好き勝手に過ごしていますが、芽莉依ちゃんが一緒に住むようになってからはちゃんと一日の予定を伝えあっているみたいですね。そういう女性に対してまめなところは、父親の紺よりも叔父である青に似たんでしょうか。

古本屋を開けるのはすずみさん。こちらはカフェと違って土日の朝一番にお客様がただちに入ってくることはほとんどないですね。平日ならば、出勤前に店先に出した一冊五十円百円といった文庫本を手にしてさっと買っていくお客さんもいるのですが、休日は静かなものです。お客さんが入ってくるのはもう少し後ですね。

すずみさんがハンディモップで本棚をすいすいと拭いて埃(ほこり)を取っていく中、勘一も居間の座卓から腰を上げて、帳場の文机の前にどっかと座り、開店です。

「はい、勘一さん。お茶です」

「おっ、和ちゃん。ありがとな」

年がら年中、勘一はまずは熱いお茶ですね。まだ手伝ってくれるようになって日が浅い和ちゃんですけれど、天性(てんせい)に持ち合わせたものでしょうね。愛嬌(あいきょう)のある人懐っこい笑顔と元気さですっかり人気者です。

からん、と、古本屋のガラス戸の土鈴が鳴って、近所の神社の元神主である祐円さんがいつもの時間にいつも通りに現れました。今日はこっちから入ってきたのですね。

ふくふくとした丸顔につるつるの坊主頭は、イメージとしては神主さんよりお寺のお坊さんみたいと皆が言います。神社を継いだ息子の康円(こうえん)さんは、どっちかといえば細面(ほそおもて)で神主さんらしいのですよ。

「ほい、おはようさん」

「おう、おはよう」

いつもお孫さんの〈お上がり〉のジャージとか自由で楽な格好で現れる祐円さん、今日は焦げ茶色のセーターに灰色のスラックスと、ごく普通の格好ではありますが、いつもとは百八十度違う格好ですね。

勘一も眼をぱちくりとして祐円さんに言います。

「なんでぇその格好は」

「なんだよ、普通だろう」

確かに普通と言えば普通なんですけれど、どうしたんでしょうね。

「おはようございます祐円さん」

「おう、和ちゃんな。おはようさん」

「コーヒーでよろしいですか？」

「おお、いいよぉ。すまんねわざわざ。いやしかしお前んところは次々に若い女の子がやってきていいね」

「あ、まさかおめぇ」

勘一が眼を細くさせて祐円さんを見ました。

「今日は土曜で和ちゃんが手伝うのを知ってて、そんなすっきりした格好してきたんじゃねぇのかおい」

「祐円さん、もう私や亜美さんには毎日どうでもいい格好で済ませてますからね」

すずみさんもちょっと頰を膨らませてから、からかうように言いました。

「馬鹿野郎。今日はたまたまジャージとかそういうの全部洗濯しちまってたんだよ。すずみちゃんだって亜美ちゃんだっていつまでも可愛く美しいじゃないか」

そういうことにしておいてあげましょうか。でも祐円さんのところだっていつも若い女の子が巫女さんのアルバイトをしていますよね。

「おはようございます祐円さん」

「おう、藤島。今日もこっちの家から出勤かい」

話を逸らすようにして祐円さんが、居間から古本屋に出てきた藤島さんに言いました。

ちょうど和ちゃんが祐円さんにコーヒーを持ってきましたね。

「藤島さんもコーヒーにしましょうか？」

「あぁ、済みません。ちゃんとお客になりますのでお願いします」

「今日は出勤しなくていいのか？」

勘一が訊くと、軽く頷きます。

「出勤するんですけど、少しのんびりできますので、本をのぞいていこうかなと」

「おう、見るだけならタダだ」

「そういやぁ藤島は、毎度一冊しか買えないってのはまだ続いてるのかい」

祐円さんが言うと、勘一も藤島さんも苦笑しましたね。

「そんなことはないです。二、三冊買っていくこともありますよ」

「だけどもういいって言ってるのに律義に感想文を書いてくるんでな。そのうちそれをまとめて書評本にでもしてやろうかと思ってるぜ」

多いときには一週間毎日我が家で朝ご飯を食べていく藤島さんですが、本を買うのはそれこそ一週間に一回ぐらいですか。紺と話しているのを前に聞きましたが、いい古本を独り占めするのは申し訳ないので、店で愛でることで我慢しているとか。本当に古本好きなんですよね。

「そういえば、すずみさん」

「はい」

「長尾さんが、東京に戻ってきているんですね」

「え、そうですけど」

すずみさん、ちょっと眼を大きくさせた後に首を少し傾げます。

「長尾って、美登里のことですよね？」

「そう。美登里さん」

藤島さんが頷きます。すずみさんの大学時代の同級生で、親友といってもいい友人ですよね。

「え？　どうして藤島さんが美登里のことを？」

「一、二度、ここで顔を合わせた程度だけど、覚えてましたよ」

もう何年前の夏でしたか。美登里さん、悪い男に引っ掛かり騙されるような形で借金を背負い風俗店で働かされ、そうしていろいろあってその借金をすずみさんが立て替えましたね。

それから美登里さんは自分の人生を見つめ直し、お知り合いを頼って広島で真面目に働いていました。詳しくはわかりませんが、すずみさんへ毎月きちんと借金の返済はしていたはずです。

「半年ぐらい前かな、広島に行ったときに宮島で彼女にバッタリ会ったんだけど、聞いてなかったですか?」

あら、そうだったのですか。すずみさんが全然聞いてなかったって首を横に振りました。

「お互いに急いでいたので本当に一、二分立ち話しただけだったんですよ。そのときに東京に戻ることになるって聞いて、それが昨夜恵比寿でまた偶然会って、お茶を飲んだんです。新しい仕事の同僚の方と一緒でしたよ。長谷部さんと言ってたかな」

それは、本当に偶然でしたね。やはり縁があるのでしょう。わたしたちもあの夏以来、便りこそありましたが直接は会っていませんものね。

「なんだ、美登里ちゃんはこっちに戻ってきてたのか?」

話を聞いていた勘一がすずみさんに訊きました。

「そうなんですよ。戻ってくること自体はけっこう前に聞いていたんですけど、本当に一週間前に部屋も決まって引っ越してきたって」

「新しい仕事にでも就くのか」

「広島で知り合いの食堂みたいなところで働いていて、フードバンクって旦那さん知ってます？」

「フードバンクって言ゃぁあれだろ？　余ってしまった食材なんかを引き受けて集めて、それを必要とする人や施設に回すってやつだよな」

「おお、あれな。俺も何かの記事で読んだぜ」

勘一に続いて祐円さんも頷きます。

わたしも聞いたことがありますね。食べ物を余らせるなんて、わたしたちのような年寄りにとってはとんでもないことだと思うんですが、スーパーやコンビニエンスストアなど、いつでもどこでも安く食べ物を手に入れられることが当たり前で、それが求められてしまう今の時代には起こってしまうんですね。そういう流れが出来上がってしまったのでしょう。

何でも美登里さん、働いていたその食堂の運営を全部任されたそうです。

「ほう、凄いな」

「あの子、実はものすごく仕事ができるんです。大学時代にもサークルで企業と組んで商品開発とかやっていたんですよ」

何でも若者向けの商品のリサーチのアルバイトから始まって、その商品の問題点を指摘して企画から携わるようになったとか。

「そのまま会社を立ち上げた方がいいんじゃないかってぐらいになっていたんですよ」

「そいつはたいしたもんだったんだな」

その才を見込まれて食堂を任された美登里さん。子供好きで児童福祉やその方面の仕事をしたいと思っていたそうで、フードバンクから食材を回してもらい、様々な事情で家庭に恵まれていない子供たちへ食事の場所を提供したり、生活に不自由している方々に無料で提供するというお仕事を食堂で始めていたとか。

「いわゆるＮＰＯですよね。そしてそれを広げることになって、東京で新しく事務所を立ち上げたんですよ」

藤島さんも、うん、と頷きました。

「昨夜もちょっとその辺の話を聞きましたけど、彼女たちはさらにフードバンクを災害時に有効に活用できる新しい取り組みを始めるらしいですね。素晴らしい仕組みを考えたなと感心しましたよ」

ほう、と、勘一が相好を崩しましたね。

「藤島が感心するぐらいなら見事なもんなんだろうな。美登里ちゃんはもともとは活動的な子だったんだな？」

「そうなんですよ。頭も良かったし、中学高校では生徒会長もやってたんです」

にこにこしながら嬉しそうにすずみさんが言いました。そんな感じですよね美登里さん。

「そう、さっき言いませんでしたけど、昨日の夜に日曜に店に行くからってLINE（ライン）来てたんですよ！　ひょっとしたら藤島さんに会った後なんじゃないですか。皆さんに迷惑掛けっぱなしだったから早く挨拶しに行かなきゃならないって」

　そんなふうに考えなくてもいいですよね。勘一も笑ってひらひらと手を振りました。

「元気な顔を見せてくれりゃあ、それでいいってもんよ。気ぃ遣って土産なんか持ってこなくていいからなって言っときなよ」

　そうですよ。お互いに元気で過ごして、顔を合わせたときに笑っていられればそれでいいんですよね。

「そう、それですずみさん。宇田川拓也（うだがわたくや）という作家さんを知ってますか？　僕は知らなかったんですけど」

「宇田川拓也。あぁはい、『美琴（みこと）へ』の」

　勘一がちょっと首を傾げました。

「名前もタイトルも聞いたことはあるが読んでねぇな。誰だったかな」

「新人賞を取ったその一冊しか単行本は出てないんですよ。でも、すっごくいい物語です。たぶん奥さんがモデルだと思うんですけど、瑞々（みずみず）しくて鮮烈としか言えない文体と表現力は、これはスゴイ作家さんが出てきた！　って思ったんですよね」

「けど、そこまでだったのか」

勘一が言うと、そうなんですよね、とすずみさん残念そうな表情を見せます。

「それが確かもう十年以上、十二、三年前ですね。それから単行本はまったく世に出てきてないんですけど」

「それっきりで終わっちまったか、あるいは自分で終わらせたのか、かい」

「確か短編はいくつか文芸誌に載ったんですが、その後は全然わからないんですよね。今はどうしているのか」

小説家として本が世に出ても、実はその後に消えていく人の方が残っている人よりはるかに多いのが現実なんですよね。

すずみさん、少し歩いて本棚から本を一冊取り出して戻ってきました。

「これです。『美琴へ』」

きれいな装幀の本ですね。たまたまでしょうけど、今の季節にぴったりの、秋の紅葉した山々を描いた絵を装画に使っていました。本自体も状態の良い古本です。手渡された藤島さんもしばらく眺めて、うん、と頷きます。

「宇田川拓也さんが、どうかしましたか？」

「いや、実はその昨日美登里さんと一緒にいた同僚の長谷部さんという方が、何度かここに来たことあるそうなんです」

「ほう」

お客様でしたか。古本屋に足を運んでくれる人自体がもう貴重な存在になってしまっている時代ですからありがたいですね。

「それで、その長谷部さん。この作家さんの別れた奥さんなんだそうですよ」

「あら、ホントですか」

すずみさんがちょっと驚いて手を広げました。

「そもそもその長谷部さんと美登里さんが仲良くなったきっかけも、長谷部さんが本好きでよく古本屋にも通っていたってところからだったとか」

「うん？　じゃあまさかその長谷部さんは、美琴さんってのか？」

「そうなんですよ。まさにすずみさんが言った通り、この『美琴へ』って物語は宇田川拓也さんが当時奥さんだった長谷部美琴さんに捧げた物語だったんですね」

勘一が手を伸ばして、その本を藤島さんから受け取って苦笑いしながら眺めます。

「まぁ小説家が奥さんや恋人をモデルにするのは、よくあるっちゃあある話だが、人生の良き思い出になってくれてりゃいいんだがな」

「当人同士しかわかりませんね」

すずみさんが言って皆が頷きます。すずみさんがあんなに褒めたのですから本当に素晴らしい物語なのでしょう。お二人の今の人生に、この本はどんなふうに色をつけているんでしょうね。

「でも、今も長谷部さんは本好きのままだそうですから、別れても応援してるんじゃないでしょうかね。これ、買いますね」

「お、そうかい。読んでみるかい」

藤島さん頷きます。

「これからも美登里さんや長谷部さんとは会いそうな気がするんです。仕事の面で」

九時になる頃にはカフェのモーニングも一段落ついて、お店の中にものんびりとした空気が流れていきます。お店の方は亜美さんと花陽と和ちゃんに任せて、夏樹さんと玲井奈ちゃんの引っ越しが始まりました。

引っ越しといっても〈藤島ハウス〉の管理人室にはテーブルやソファなどの家具、台所の冷蔵庫や電子レンジなど最低限のものは揃っています。クローゼットもしっかりと広いので、増谷家から持っていく大きな家具はありません。せいぜいがクローゼットに入れる衣装ケースとか布団とか、小さめの本棚でしたね。歩いて一分なんですから、まとめてあった荷物と一緒に皆が手で運んでいけるようなものばかりです。

男手(おとこで)は夏樹さんに裕太さん、紺に青と研人がいますから十分過ぎるほどですね。我南人も手伝っていましたけれど、ほとんどちょこちょこ周りを走り回るかんなちゃん鈴花ちゃん、それに小夜ちゃんの世話をしていましたよ。

玲井奈ちゃんとすずみさん、芽莉依ちゃんが、運ばれてきた衣装ケースや段ボール箱を手際よく開いて食器などをどんどん片付けていくと、お昼ご飯の時間になる頃には大体終わってしまいました。まだ全部片付いてはいませんが、後は夏樹さんと玲井奈ちゃんが二人で暮らしやすいように整理整頓してもらえばいいですね。

カフェは土曜とはいえランチタイムには満席になったりもします。亜美さんと和ちゃんと花陽、それに引っ越し作業から戻った青が入って忙しく切り回します。

〈食事は家族揃って賑やかに行うべし〉が家訓の我が家ですが、さすがにお昼ご飯はそうはいきません。まずは食べられる人が食べてしまって、交代で古本屋とカフェを回しています。

夏樹さんと玲井奈ちゃんが引っ越し蕎麦(そば)を用意してくれました。気を遣わなくてもいいのですが、そこはご近所とはいえ大人のお付き合いですね。それじゃあ、と、かずみちゃんがさつまいもや冷蔵庫にあった大葉や竹輪(ちくわ)などをさっと天ぷらにして大皿に盛って、勘一を加えてまずは引っ越しを手伝った皆でお昼ご飯です。

「裕太は仕事はどうだい。順調なのかよ」

蕎麦をたぐりながら勘一が裕太さんに訊きました。

「順調、でしょうか。会社の業績は悪くないと聞いてますから」

精密機器のメーカーさんで、機械を動かすソフトウェア関係のお仕事をしてるのですよね。

「結婚しても真央ちゃんは仕事を続けるんだよね？　お休み合わないね」

竹輪を頬張ってからすずみさんが言います。真央さんは図書館司書さんで、仕事はシフト制ですよね。休館日はあるものの、平日が休日になったりしますから。裕太さん、ちょっと微笑んで頷きます。

「でもお互いに夜遅くなったりすることはほとんどないので」

「まぁ若いうちは一生懸命働くってのがいいやな。将来のためにも貯金しないとな」

勘一が言うと、あ、と裕太さんが声を出し、それに夏樹さんも玲井奈ちゃんも反応しましたね。

「堀田さん。そのことなんですけど」

「そのこと？」

「今お借りしている田町さんのところなんですけど、土地を譲っていただくか、あるいは貸してもらうという話はできないものでしょうか」

ほぉ、と勘一も我南人も紺も、少し眼を大きくしましたね。

「あれかいぃ？　そこに家を新築するってことかいぃ？」

「難しいかもしれないですけど、その可能性があるかどうかだけでも確かめておこうかと、玲井奈や夏樹くんと話していたんです」

「小夜ももう小学生じゃないですか。この先どこかに家を建てる頭金を貯めるだけでも何年も掛かっちゃって、それから引っ越すっていうのも小夜が可哀相だなって」

夏樹さんが裕太さんに続けて言って玲井奈ちゃんも頷きました。小夜ちゃんはさっきさっさとお蕎麦を食べ終えて、かんなちゃん鈴花ちゃんと二階へ行ってしまいましたね。二人の部屋で遊んでいるんでしょう。

「そういうのはあるねぇえ。その内に真央ちゃんにも子供ができるかもしれないんだしねぇ」

我南人です。我が家の子供たちは一度もなかったですけど、子供の転校というのは大きな出来事ですからね。裕太さんも夏樹さんも、会社はここから電車一本で行けるところにあるので、ずっとここで暮らすのは便利と言えば便利なのですよね。

なるほどね、と紺が頷いて言います。

「あそこの土地に二家族なら三階建てとか必要になってくるかな？」

「そうなんです。ちょっと土地は狭いんだけど、そこは設計で工夫すれば何とかなると思うんですよね」

夏樹さんは建築士になろうと勉強してますからね。今は普通のお宅でも三階建てとか四階建てとかできますよね。この辺りの狭い土地にも二家族が一緒に暮らす新しい家はけっこう増えていますよ。

「問題は、土地のお値段だね」

かずみちゃんがちょっと渋い顔をして言って勘一も頷きました。

「ここら辺りの土地が今いくらするかは、ちょいとわかんねぇが。まぁどっちにしても田町の娘さんに訊いてみるさ。あの人たちは相談に乗ってくれるとは思うがな」

「すみません。お願いします。急いではいないですけど」

「おう」

もしも上手くいけばそのままご近所さんとして長くお付き合いできますし、玲井奈ちゃんもカフェや管理人の仕事は続けられますよね。

二

翌日は日曜日。

日曜日はさすがにカフェにモーニングを食べに来るお客さんは、ぐんと減ります。

今日から正式に管理人になった玲井奈ちゃん。慣れない管理人という仕事に戸惑うこともあるでしょうけど、〈藤島ハウス〉の入居者は池沢さんを含めて全員が普段から一緒にいる我が家の家族ばかりですから、緊張することもないですよね。カフェのアルバイトも管理人の仕事を優先させて、空いた時間で調整してみることにしました。いずれにしてもお隣さんなんですから、融通も自由も利きますよね。

　亜美さんと、今日もアルバイトに来てくれた和ちゃんと花陽と青が交代でカフェに立ち、古本屋には勘一とすずみさんで、いつもどおりに朝の時間が流れていきました。

　かんなちゃん鈴花ちゃんは〈藤島ハウス〉に行ってます。夏樹さんと玲井奈ちゃんはまだ部屋の片付けをしていますから、小夜ちゃんと一緒に遊んでいるんでしょう。鈴花ちゃんの実のおばあちゃんである池沢さんもいますから心配ないですね。

　我が家の稼業は基本的には年中無休。年末年始のお休みや臨時休業はあるものの、多くの会社員のご家庭のように土日が休みで、皆で一緒に子供たちをどこかに遊びに連れて行くということがほとんどありません。藍子と紺と青の姉弟、それに花陽と研人もそうですし、かんなちゃん鈴花ちゃんもです。でも、皆が一緒に動くことはなくても、常に誰かがいて遊んでくれたりどこかへ連れて行ってくれますから、淋しくはないですよね。大きくなった子供たちもそう言っていますしね。

　休日だというのに、記者でありライターでもあり、藤島さんの会社の契約社員でもある木島（きじま）さんが、十一時頃に大きな鞄と大きな紙袋にたくさん荷物を入れてやってきました。

　これから作る本のことで、我南人と紺、そして研人も一緒になって打ち合わせをしているんですよね。木島さんにコーヒーを運んできた芽莉依ちゃんもそのまま居間で話を聞いています。

なんでも、我南人の自伝というか、写真集というか、あるいは日本のロック史のような、よくわかりませんがとにかく日本のロックを中心にした音楽やミュージックシーンに関する本らしいです。写真もたくさん載せるので、大きくて分厚い本になるか、もしくは数冊に分けて出すことになるそうなんです。

そういえば木島さんとの出会いも、そもそもは我南人への取材から始まったのですよね。あのときもいろいろあって、木島さんは我南人にエレキギターを一本貰って感激していました。本当にロックミュージックが、音楽が大好きな木島さんにしてみると、久々に本領発揮できるお仕事なのかもしれません。

こうやって何人かが座卓に紙などを広げたりしまったりしてあれこれ話していると、必ずその邪魔をしにやってくるのはまだ若い玉三郎とノラなんですよね。遊んではいないのですが、皆でそうやって遊んでるんなら一緒に遊んで、と言ってるんでしょう。抱っこしてあげたり撫(な)でたりしながら、話を弾ませています。

「あ」

古本屋で本の整理をしていたすずみさんが声を上げました。自分のスマホを見て笑顔を浮かべます。

「旦那さん、美登里がもう来るそうです」

「おっ、来たかい」

連絡が入ったのですね。勘一が読んでいた分厚い古い図鑑を文机から持ち上げたときに、ガラス戸が開いて土鈴が、からん、と鳴りました。

あぁ、美登里さんですね。

笑顔を浮かべながらも少し遠慮するような格好で入ってきました。焦げ茶色のコートの下には、同じような焦げ茶色のエプロンを着けています。白いシャツに黒のパンツ。以前から背がすらっと高くてきれいな顔立ちのお嬢さんでしたけど、しばらく見ない間に一本芯が通ったような感じになりましたね。

「美登里！　いらっしゃい！」

「すずみ！」

二人とも笑顔が弾けます。駆け寄って手を握り合って、周りに誰もいなかったらきっとぴょんぴょん跳ねて回り出すぐらいの勢いです。連絡は互いにずっと取り合っていたのでしょうが、こうして顔を合わせるのは本当に久し振りですよね。

もうお一人、一緒に入ってきた女性がいらっしゃいます。こちらはクリーム色のコートの下に同じエプロンをしていますから、お仕事のお仲間でしょうか。

「いやぁ、久し振りだなぁ」

勘一も笑顔で言うと、美登里さん、真面目な顔をして勘一に向かって立ち深々と頭を下げます。

「本当にご迷惑をお掛けしながら、ご無沙汰してしまって申し訳ありませんでした」

「おいおい、やめてくれよ美登里ちゃん」

勘一が手をひらひらさせて苦笑いしますね。

「女性に頭を下げさせたなんてわかったらな、あの世で会ったときにサチに怒られちまうからよ」

怒りはしませんしあの世にも行ってませんけどね。美登里さん顔を上げ遠慮がちに頷きましたが、まだ表情を崩しませんね。勘一がにっこりと笑いかけます。

「こうやってよ、元気そうな笑顔を見せてくれりゃあそれでいいんだって。知ってるだろう？　我が家の家訓は」

美登里さんが、ちょっと口元に笑みを浮かべましたね。

「〈女の笑顔は菩薩である〉ですか」

「そうそう。女の子が笑って過ごしてくれればな、それで世界は平和になるってもんだ」

うん、と、勘一が頷きます。

「前よりずっと生き生きとしてるぜ。そちらの方は一緒に仕事をする人かい？」

「はい、長谷部さんです」

やはりそうでしたね。昨日藤島さんが話していた、長谷部美琴さんなのでしょう。

このエプロンがきっとユニフォームというか、仕事着ですね。普通の台所仕事で使うエプロンとは違う、ワーキングエプロンというものですか。

「長谷部さん以前から何度かこちらに来て本を買っていたそうなんです。それで一緒にって」

「昨日な、藤島に聞いたぜ。毎度ありがとうございました」

「初めまして、長谷部美琴です」

長谷部さん、年の頃は美登里さんよりは年上ですよね。わかりませんけれど、雰囲気では紺や亜美さんと同じぐらいの年齢でしょうか。

「あれだ、その格好からすると仕事の途中か」

「そうなんです」

美登里さんが少し申し訳なさそうな顔をします。

「今日はこの後に新しく作った事務所に向かうんですけど、近くを通る用事があったので何よりもご挨拶だけはと思って」

きっとあれですね。ゆっくり時間を取れるときにしっかりと顔を出して挨拶しようと思っていたのでしょうけど、藤島さんからすぐに話を聞くだろうから、取るものもとりあえず今日来たのでしょう。そんなに気を遣わなくてもいいんですけどね。

「まぁそれでもお茶飲んでくぐらいの時間はあるんだろ？　ちょいと上がってきな。皆もいるからよ」

　美登里さんと長谷部さん、顔を見合わせ頷き合います。

「それじゃあ、少しだけ」

　すずみさんがどうぞどうぞ、と二人を居間へと誘います。座卓で打ち合わせていた我南人に紺、研人に木島さんも笑顔で二人を迎えます。

「美登里さんだ。久し振りー」

「研人くん！　すっかり大きくなって！」

　そうですよね。美登里さんが以前に来たときには、研人はまだ中学生だったはずです。かんなちゃん鈴花ちゃんはまだ幼稚園に入る前で、美登里さんがよく面倒を見てくれましたよね。そこの仏間で寝かしつけながら、美登里さんも眠ってしまったこともありましたっけ。

「自慢していたの。私の友人の甥（おい）っ子なんだって」

「いいよー、どんどん自慢しちゃってしちゃって」

　何のてらいもなく研人が無邪気に笑って言います。そういうところ、研人は祖父の我南人の血を受け継いだのだと思いますね。

座卓の上を少し片付けて、芽莉依ちゃんが皆にカフェからコーヒーを持ってきてくれました。芽莉依ちゃんはひょっとしたら初めて会うかもしれませんが、美登里さんがすずみさんの友達というのは聞いてるはずですよ。

一緒に来られた長谷部美琴さん。我が家に買い物に来てくれていたのは、実はそれほど遠くないところのアパートに住んでいるのもあったからだとか。住所を聞くと、歩けば小一時間は掛かるかもしれませんが、自転車でもあればすぐの距離でした。

「それで、息子がいるんですけど、研人くんと同じ小中学校なんですよ」

そうなりますか。ちょうど学校を中心にすると我が家の向かい側、学区の端と端になるんですね。

「じゃあ、同じ時期にお互いPTAだったんですね」

紺が言って長谷部さんも頷きました。

「え、オレその息子さん知ってます？　会ってます？」

「ううん、今、中学二年生なので直接は知らないって言ってたわ。でも〈堀田研人さん〉は小学校の頃から有名だったから」

そうなんですよね。自慢できるようなことではないですけれど、我南人が祖父というのもありますし、研人は小学校の頃に卒業式で派手にやらかしたりしていましたから。

今、中学二年生ということは中学校では擦れ違いですね。研人が六年生のときに、息子さんは三年生だったんでしょう。

「それで美登里ちゃんとも一緒に仕事をすることになったたってのはぁ、我が家と縁があったってことだねぇえ」

我南人の言葉に美登里さんも長谷部さんも笑顔で頷きます。

勘一とすずみさんは、あの『美琴へ』の本の話を聞いてしまいましたけど、この場ではあれこれとは話せませんね。小説が三度の飯より好きなすずみさん、きっと『美琴へ』の話も聞きたくてうずうずしているんでしょう。そのうちに親しくなれば元旦那さんのことや、好きな本の話なども長谷部さんとできるかもしれません。

新しいお仕事の話や、藤島さんと偶然会ったときのことなど話が弾んでいたのですが、カフェの方からお客さんが入ってきた扉の音と、茅野(かやの)さん、という亜美さんの声が聞こえてきました。

「うん？」

勘一や皆がカフェの方を見ます。確かに茅野さん、と亜美さん言いましたよね。

「ご主人、どうも」

「おう、久し振りじゃねぇか」

定年退職して悠々自適の生活を送る元刑事の茅野さんが、居間の入口にひょいと顔をのぞかせました。勘一が店にいなかったのでこっちだと思ったのでしょう。仕事の最中にも古本屋を見つけるとつい足が向いてしまった程の筋金入りの古本好きですよね。

あら、茅野さんの後ろにいるのは水上くんですね。

研人の中学校の後輩で、カメラマンとしての才能を持った男の子。さっきも長谷部さんの中学生の息子さんの話をしたばかりなのに、偶然ですね。

「水上じゃん」

研人に呼ばれて、ぺこん、と頭を下げます。今日来るという話は聞いていませんでしたけど。

「何だ珍しい組み合わせだな。茅野さんは水上くんを知ってたかい？」

まぁ上がれよ、と手招きしながら勘一が言います。茅野さん、お邪魔しますと水上くんと一緒に上がってきました。

「いや、カフェのあの写真を撮った子ってことで名前は聞いてましたけどね。会ったのはさっきが初めてなんですよ」

そうですよね。そして茅野さんは知っていても、水上くんは茅野さんのことを知らないはずですよね。研人が話していたのなら別ですけど、お店の外で偶然一緒になったのでしょうか。

でも、茅野さんも水上くんもちょっと様子がおかしいですよ。

「何かあったのかい？」

勘一が少し眼を細めながら訊きます。

「それがねぇご主人。実は水上くんがガラの悪そうな連中に絡まれているところに、たまたま知人のところに向かっていた私が出会しましてね」

「絡まれた?」

水上くんが困ったような笑顔を見せて頷きました。

「どういうわけか、全然わからないんですけど」

「茅野さんがそいつらをとっちめて、水上くんを助けたってことですか?」

紺が言って、茅野さん頷きます。

「多少ガラは悪かったんですが、まぁ経験上それほど悪いことはしてないとわかったのでね。何よりも普通の高校生だったので、名前と学校名だけ確認して帰したんですよ」

「カツアゲでもされそうになったのか水上?」

研人が訊きました。

「いきなり近寄ってきて、このカメラを渡せって」

カメラですか。

確かに、カメラマン志望の水上くんは本格的な一眼レフを使っています。今もしっかり首からストラップで下げていますね。

紺が首を傾げました。

「まぁ中学生のお小遣い巻き上げるよりは、それを奪って売っ払った方が金にはなりそうだけど」

「確かにそうだねぇえ」

「それでね、とりあえず水上くんの家まで送ってやろうかと思って二人で歩き始めたんですが」

　茅野さん、身体を前に倒して声を潜めて言いました。

「尾(つ)けられたんですよ」

「尾けられたぁ？」

　渋い顔をして、茅野さんゆっくり頷きました。

「そのガラの悪い連中にじゃありません。それまでどこにいたのかもわからない、明らかに中年の男にです」

　中年の男性ですか。

「誰かは、もちろんわかんねぇんだな？」

　わかりませんね、と茅野さん続けます。

「顔は確認できていません。けれども、尾行の仕方が素人(しろうと)じゃあなかったんですよ。素人なら適当に撒いてやったんですが、間違いなく手慣れた人間でしたよ。こっちが尾行に気づいて撒こうとしてると知れるとひょっとしたら面倒なことになりかねませんし、かといって水上くんを家まで送って、そこを知られるのも拙いかと思いましてね」

「それでここへ連れて来たんだねぇ」

我南人が言って、茅野さん頷きました。

「ここならただカフェにお茶を飲みに寄ったと思われますからね。それに道々彼と話をして、あの写真を撮った水上くんだとわかったので好都合だと」

確かに、そういうことならここに連れてきたのは正解ですよね。

勘一が店の外の方へ眼をやりました。

「そいつはまだいるのかい」

「それも確認したかったんですが、どうやらカフェには追って入ってきてませんよね」

「来てねぇようだな。おい研人。いや研人じゃ顔を知られてるかもしれねぇな」

「俺が行きましょう」

木島さんが腰を浮かせましたが、芽莉依ちゃんが手を上げてそっと木島さんの肩を押し留めました。

「私が行きます」

そう言って、すぐに立ち上がります。

「裏玄関から素知らぬ顔をして出ていって、誰かがカフェの前に張り込んでいるのかどうか確かめるんですね？　もしも相手が尾行に慣れたその手のプロだというのなら、事件記者でもあった木島さんの顔を見知っているかもしれません。私が適任だと思います」

その通りですが、本当に芽莉依ちゃん、頭が回りますし行動も早いです。

「オレ、一緒に出てそのまま〈藤島ハウス〉に裏から戻るよ。藤島さんの部屋から路地が全部見える。変な男がいたらスマホで写真撮っとくし芽莉依も守れる」

研人が言って芽莉依ちゃんの肩を叩いてすぐさま裏玄関に向かいました。さすが婚約者同士というか、阿吽の呼吸ですね。

水上くんがちょっと驚いたようにその背中を見送ります。水上くんは、初めて我が家に来た頃にちょっと手伝ってもらったことがありましたけど、まだ我が家のこういう場面に出会したことなかったですよね。それに、長谷部さんも一体何が起こっているのかと、眼を大きくさせてきょろきょろしていますよ。美登里さんは多少はわかっていますよね。

「何だか急にバタバタしちまったな。美登里ちゃん、仕事に向かうんだろ？」

「あ、そうですね」

美登里さんが長谷部さんと顔を見合わせます。

「邪魔になっても何ですから、私たちはこれでお暇した方がいいですね」

「邪魔にはならねぇだろうが、仕事前に妙なことに巻き込んじまうのも悪いしな。またゆっくり顔を出してくれるんだろ?」
「はい。近いうちにそうします」
「じゃあねぇぇえ」
我南人が立ち上がりました。
「僕が彼女たちをそこまで送って行くよぉ。何か物騒な話を聞いちゃって不安だろうか
らねぇ」
そうした方がいいですね。
「おめぇは外に出て余計なことするなよ。一応有名人だからな」
「わかってるよぉお」
手を上げて、美登里さんの背中に手をやって出て行きます。我南人なら二人とも任せ
ても心配ないでしょう。
「慣れた人間って、まさか警察の人とかじゃないですよね」
美登里さんと長谷部さんを見送って戻ってきたすずみさんが訊くと、茅野さんが首を
横に振りました。
「警察関係じゃあないですね。同業仲間なら、こんな子供を調べるために尾けるような
ことはしませんな。堂々と警察だと名乗りますよ。まさか水上くんがとんでもない大事
に関わってるはずもありませんしね」

そうですよね。水上くんもそんなことありません、と、首をぶんぶん横に振りましたよ。

「警察じゃなくて尾行に慣れた人間となると、信用調査会社の人間かあるいは探偵か、ですね」

「俺らみたいな記者ってのもあり、じゃねぇですか」

紺と木島さんの言葉に茅野さんも頷きました。

「そのどれかでしょうね。しかし」

水上くんを見ます。

「君は、どれにも尾行される覚えなんかないだろうにね」

「まったく、ないです」

「あるわけないわな。カメラの才能があるっても、ただの普通の中学生だ」

勘一がそう言った後に、うん？　と首を捻って水上くんのカメラを見ましたね。

「そもそも、水上くんはどこで絡まれたんだ？　そのガラの悪い高校生連中に」

「六本木の駅の近くです」

そう言ってから水上くん、カメラを持ち上げました。

「写真を撮っていたんです。建物の」

建物を撮るのが好きなんですよね水上くん。我が家に初めて来たのもこの古い家を撮りたいからでした。何百枚もの写真を撮っていきましたし、今も顔を出す度に家を撮っていきますから。

「なんか、いい建物があったの？」

すずみさんが訊くと嬉しそうに笑みを浮かべましたね。

「そうなんです。親戚の、あ、でも遠い親戚なんですけど、おばさんが教えてくれた料亭があるんです。ものすごく古くて立派なところで、普通の人はちょっと入れないし、近づけもしないような高級料亭で」

「ほう」

六本木の近くならそういうところがあるかもしれませんね。

「そりゃひょっとして〈駒瀞(こまとろ)〉ってところじゃないか？」

木島さんです。

「あ、そうです。そんな名前でした」

「知ってんのか木島。どんなところだよ」

「そりゃもう、一から十まで非の打ち所のない高級料亭ですよ。赤坂ですけど、俺らも玄関にさえ近づけないようなところでね」

「近づけないって、つまり、政治家とかもよく来るそういうところですか？」

紺が訊きました。

「そういうところです。カメラなんか持って周りをうろうろしていたらすぐに通報されて警察が飛んできますぜ。周りには大使館とかもあるしで」

そういうところなのですね。

「確かにあそこは建物は古くて格式あって凄いですぜ。絵になりますよ。名前は覚えてませんが、元は華族の伯爵だか何だかの別邸でね。サチさんなら知っていたんじゃないですかね」

「あの辺ならそういうのもあったかもしれねぇな」

どなたの別邸でしょうかね。もう遠い遠い昔なので忘れてしまっているかもしれませんけれど。

「え、でもそんな、記者さんも近づけないようなところを水上くん撮影していたってどうやって？　そのおばさんがそこで働いているとか？」

すずみさんが訊きました。ちょっと水上くん恥ずかしそうにしましたね。

「こっそり撮っていたんです。おばさん、ビルの清掃のパートをしているんです。それで、たまたまなんですけど、そこの近くのビルの非常階段からその料亭の庭とか部屋とかすごくきれいに見えるところを見つけて、そこから撮ったら誰にも知られないよって教えてもらったんです。おばさん、僕が古い建物の写真撮ってるの知ってるから」

「へぇ」

木島さんの眼が光ったような気がしましたよ。

「そんな場所があるなんて俺も初耳ですぜ」

玄関の開く音が聞こえましたね。バタバタと足音がして、研人と芽莉依ちゃんが戻ってきました。

「いたよ」

研人がiPhone（アイフォーン）を持ってひらひらさせました。

「いたのか」

「そいつかどうかわかんないけど、カフェの入口を見ていた中年の男がいた。でも、もういなくなった」

「いなくなったのか」

芽莉依ちゃんが頷きました。

「さっき我南人さんと美登里さんたちが出ていって、それからすぐにすっ、ていなくなっちゃいました」

茅野さんが腰を上げましたね。

「まだその辺にいるでしょうから追いかけて逆尾行してやりますか」

「いや」

勘一が少し首を捻ります。

「そいつかどうかもわかんねぇんだから、ちょいと様子を見ようや。茅野さんだってそいつに見られているんだからな。おい研人、写真撮ったんだろ」

「親父、そっちに送るから」

「わかった」

紺のノートパソコンの大きな画面で見るんですね。研人がiPhoneをいじって、紺がマウスを動かします。

「こいつ」

画面を研人が指差します。確かに〈藤島ハウス〉の二階の窓からうちの前の道路を撮ったものですね。男性が一人道路脇の電柱の陰にいます。

「これが限界だった」

上から斜めに撮った横顔しか写っていませんから、はっきりとは人相を摑みかねますが、何となくの雰囲気はわかりますね。灰色のコートにスーツ姿の男性です。

「確かに中年男性だな。誰か見たことがあるか？」

勘一が言いますが、皆が首を捻りましたね。

「少なくとも常連のお客さんではないとは思いますけど」

すずみさんが言います。お客さんならすずみさんはほとんど覚えていますから。

「あれ、でもどこかで見たような気もするんですけど」

うーん、と首を捻ります。すずみさんの記憶力は本当に凄いですけど、思い出せないというのはきっとお客さんではないのでしょう。

茅野さんも木島さんも画面を見つめて、首を捻りました。

「知らねぇ男ですね」

「私もわからないですね。水上くんはどうだい」

「全然知らない人です」

素直に首を横に振ります。

「少なくとも危ない感じはしないようだけど、茅野さんどう思います？」

紺が訊くと、茅野さん頷きます。

「そんな雰囲気はありませんね。ヤクザ者ではないでしょう。けれども風情は、やはり調査員か探偵かといったところですか」

うーん、と皆で唸ったり腕を組んだりしました。

「茅野さんが尾けられたってんだからその手の連中には間違いねぇやな。しかし目的がまるでわかんねぇな。どうすっかなこりゃ」

困りましたね。尾行なんて尋常ではないことをされたのですから、何かがあったのだとは思いますけれど。

勘一が柱時計を見ます。

「もう昼時だな。水上くんはこの後は何か予定あったのかい」

「いえ、特にないです。写真撮ったら適当に家に帰ろうと思ってました」

うむ、と頷きます。

「とりあえずよ、うちでこのまま昼飯食っていきな。もうちょい様子を見てから家まで送ってくからよ。研人のところで飯食って、少し遊んでから帰るって家に電話すりゃあ大丈夫だろ？」

「はい、大丈夫です」

もう中学三年生ですし、水上くんは受験生とはいえ普段からお休みの日にはあちこち撮影に行ってますからね。

三

お昼ご飯は、じゃがいもや人参など野菜がたっぷり入ったクリームシチューと五穀米のご飯です。それに作り置きしてある金平や、甘酢レンコンにおこうこが座卓に並びます。

茅野さんは後ろ髪を引かれるようでしたけど、約束しているお友達を待たせていたので出かけていきました。何かわかればすぐに電話すると言っておきました。

木島さんはまだ打ち合わせの途中でしたので、そのまま一緒にご飯を食べていきます。肝心の我南人も帰ってきませんからね。美登里さんと長谷部さんを自ら送りに出たのはいいですけれど、どこまで行ったんでしょうね。携帯を持っているはずなのに連絡も入りません。

かずみちゃんも、〈藤島ハウス〉から帰ってきたかんなちゃん鈴花ちゃんも一緒にいただきます、と食べ始めます。かんなちゃん鈴花ちゃんは水上くんがいるのを見て喜んで、迷わずその隣に座りました。本当にこの子たちは格好良いおにいさんが好きですよね。

お昼ご飯は交代で食べなきゃなりません。尾行されたことは気になりますが、詳しい話をするのは置いといてさっさと済ませます。

かんなちゃん鈴花ちゃんもすごい勢いでご飯を食べ終わると、また〈藤島ハウス〉へ戻っていきました。池沢さんのところで、小夜ちゃんと一緒にアニメのＤＶＤを観ていたそうですよ。

紺とすずみさんと芽莉依ちゃんがカフェに回って、亜美さんに花陽、和ちゃんに青が交代でご飯です。研人もたまには手伝いはするのですが、今日は水上くんがいますからね。一人にしては居心地悪いでしょうから、木島さんも交えてあれこれ音楽の話をしていました。

「のぞみちゃんの歌詞ってありかなって思うんだよね」

研人が言います。水上くんの写真のモデルにもなった、近所に住む小学五年生の春野のぞみちゃんですね。

「のぞみちゃん、歌詞も書くのか？」

青がシチューを食べながら言います。

「歌詞っていうか、散文詩っていうの？　でもすっげえいいんだよね。今度曲つけるの挑戦してみたいんだけどね」

読書が大好きで、文才のあるのぞみちゃんですよね。今日は来ていませんが、お休みの日に我が家に来てずっと本を読んでいたり、紺やすずみさんと小説の話をしたりしています。この間、高校生になったら古本屋でアルバイトをしたいって言ってましたよね。古本屋の方は生憎とアルバイトを雇うような忙しさはまったくないのですが、カフェを手伝ってもらう合間に、古本の整理のお手伝いとかしてもらえばいいですかね。

まだ我南人は帰ってきません。皆の昼ご飯も一回りして、カフェには亜美さんに花陽、和ちゃんの三人。ランチタイムが終わるのでもうこの人数で十分ですね。夕方には和ちゃんも上がってもらって、後は家族で回せますよ。古本屋にはいつも通りにすずみさんが入ります。

居間に揃った紺と青と研人と木島さん、水上くんと勘一が、皆でカメラを睨みつけています。

「でも、どう考えても、尾行された原因はその写真しかないよね」

紺が言います。

「そうさな」

「でしょうね、それしか思いつかねぇですよ」

木島さんも頷きます。

「デジタルだったら、すぐに見られたのにね」

研人が言って座卓の上に置かれたカメラを手に取りました。ぱっと見ではわたしのような素人にはそれがフィルムカメラなのかデジタルカメラなのかわかりません。どうやら今日水上くんが持っていたのは、一眼レフのフィルムカメラなのですね。

「高級料亭かぁ。それこそ政治家のスキャンダルとか？」

「いや、朝だぞ？　そうだろ水上くん」

「そうです」

「朝っぱらから高級料亭は営業してねぇだろうよ。何か写真撮ってるとき、誰かが中にいたとかあったかい」

勘一が訊きましたけど、水上くんは首を捻りました。

「確かに誰か人はいました。でも、そんなにすごい望遠は使っていなかったので、顔まではわからないし」

　紺がノートパソコンで地図を開いて、その料亭の位置と水上くんが写真を撮っていたビルの位置を確認していました。

「確かに、この位置関係じゃあ、このレンズで人の顔まではわかんねぇですぜ」

　木島さんがカメラを持って言います。望遠とかにもいろいろ種類はありますよね。水上くんが使っているのはそれほど遠くが見えるレンズじゃなかったということですか。

「にしたってですぜ。水上くんを見りゃあ中学生だってすぐにわかるわけじゃねぇですか。中学生が写真を撮っていたからって尾行してまで何かしようとしますかね？」

　木島さんが言って、うむ、と、勘一が頷きます。

「仮に俺がその料亭を張っていて、水上くんが写真を撮っている現場を見たとしたら普通に近寄って『兄ちゃん、ちょいとその写真見せてくれよ』って言いますよ。何だったら一万二万払って写真買いますよ。わざわざ尾行までしませんって」

「それも確かにそうなんだよな」

　わかってはいますけど、ここでこうして話していても結論は出ませんよね。

「まぁとりあえずは現像してみるしかねぇな。フィルムはまだ残ってんのか？」

「あと二、三枚です」

「じゃあよ、うちの写真撮っちまって、そしてフィルムを現像してみてからじゃねぇか？　その料亭の写真にとんでもないものが写っているにしても写ってないにしても、話が進まねぇ」

誰かのスマホが鳴りました。

紺のですね。

「あれ、親父だよ」

我南人からですか。あの男はどこをうろついているんでしょう。木島さんも打ち合わせしたくて待っているのに。

「どこまで送ってんだよあいつはよ」

勘一が言って、紺が電話に出ます。

「もしもし。うん。うん、いるよ？　うん」

皆を見ながら紺が頷きます。

「え？　水上くんを？」

びっくりしたように紺が水上くんを見ました。見られた水上くんもちょっと驚きましたね。

「何それ。マズイんじゃないの。いや茅野さんはいないよ。僕と青と木島さん。研人もいるけど。夏樹くんを？」

夏樹さんがどうかしましたか。そう思ったときに、呼び鈴が鳴って、裏玄関が開きましたね。小さい声でこんにちはー、と聞こえて誰かが上がってきました。

夏樹さんですね。引っ越し後の整理をしていたはずですけれど、きっと我南人が電話で呼び出したのでしょう。

紺が夏樹さんを見てから、また電話で話します。

「来たよ夏樹くん。うん。まだいるってことなんだね。わかった。危なくないんだね。了解」

紺が電話を切ります。

皆の頭の上に、はてなマークが浮かんでいますよ。

「何を言ってきたんだよあいつは」

「親父、すぐそこにいるんだって。そしてね、水上くんを尾けてきた男もまだうちの前にいるって」

「いるのか」

皆が顔を顰めました。

「さっきいなくなったのに」

研人が言います。

「たぶん戻ってきたんだろう。そしてね、親父が言うには着替えたらしいよ。もうコートにスーツ姿じゃなくて革のブルゾンを着てるって」

「何であいつはそんなことまで知ってるんだよ」

どこで見ていたんでしょうかね。

「それでね、店は任せて、ここにいる男性陣は家の裏から出て、気づかれないように祐円さんの神社の境内で待てって。水上くんは研人と一緒に皆の後で表から出てそのまま神社に向かえって。まったく荒事になる心配はないけど、念のために走り回るのに若い夏樹くんを呼んだってさ」

走り回るというのはあれでしょうか。別に夏樹さんは腕っ節が強い方ではないですから、逃げられたときに追いかけるためということでしょうか。確かに研人を除けば全員三十代以上ですからね。

「呼ばれました」

夏樹さんが、きりりと顔を引き締めて言います。夏樹さんは我南人を恩人と思っていますからね。呼ばれればどこへでも飛んでいって、言われれば何でもするような勢いです。

勘一が思いっきり顔を顰めていますね。

「あいつがそう言うってことは、もう何もかもわかったってことか。そして表にいる尾行野郎をとっつかまえて、何をしているのか吐かせようってこったな」

「そういうことだね」

紺が頷きます。

「我南人さんがそう言うんだから、危ないことはないでしょうぜ。行きますか」

木島さんが立ち上がります。研人も、ぽんぽんと水上くんの肩を叩きました。

「大丈夫。じいちゃんと大じいちゃんに任せとけば万事解決するから」

水上くんも何のことやらと思ったでしょうけど、にっこり笑って頷きました。

「よし、じゃあ裏から出るぞ。おい、すずみちゃん、今の話は聞いてたよな」

「聞いてました。他の皆への説明はお任せください」

すずみさんが古本屋の方から顔を出して、ぐっ、と拳を握りしめてからにっこり微笑みオッケーサインを出しました。

勘一に紺に青、そして木島さんに夏樹さんがそれぞれに上着を着て、裏玄関から出ていって裏木戸を抜けていきました。向こうから回っていけば、家の表にいる誰かさんには見られずに、すぐ近くの祐円さんの神社に行けますね。

研人と水上くんも出かける準備をして、居間で待っていました。

「おし、行こう」

研人が iPhone を見ながら言います。誰かから準備ができたと連絡が来たのでしょう。

「気をつけてね」

すずみさんが声を掛けます。

「平気」

研人も水上くんも決してひ弱な男の子じゃありませんから、いざというときには走り出せば中年男性に捕まるようなことはないでしょう。

それに研人にとってはこの辺は庭みたいなものです。小さい頃から走り回って育ってきて、裏道でも横道でも全部知り尽くしてますからね。この辺りは知らない人にとってはまるで迷路のように入り組んだ道があります。ここは他人様の家の軒先じゃないかってところから道へ抜けられたりしますから、むしろそういう状況になったのなら反対に男性を捕まえやすいかもしれませんよ。

わたしも、研人と水上くんの後からついていきます。古本屋のガラス戸から何喰わぬ顔をして、研人が水上くんを連れて出て、神社の方向へ歩いていきます。

さて、見張っている方はどちらにいるのかと思ったら、すっ、と路地の方から出てきました。なるほど革のブルゾンを着ています。帽子は被っていませんが、白いマスクをしていてご面相はわかりません。

中年の男性であることは間違いないです。身長は紺と同じぐらいで、痩せ型の人ですね。どこか精悍さは漂っていますよ。

どうやら心配ないですね。男性はきっちり距離を取って、研人と水上くんの後を尾けています。まだ午後早くで人通りだってありますから、馬鹿な真似（まね）はしないでしょう。

一足先に神社の方へ行ってましょうか。

祐円さんの神社〈谷日（やにち）神社〉は我が家から歩いて三分。急げば二分で着く距離です。

境内に来ましたけど、皆の姿が見えませんね。

ちょっと浮き上がって空から見ると、あぁいました。全員がそれぞれに木の陰だったり、本殿の後ろだったりと隠れているんですね。これは気がつかないでしょう。もちろん祐円さんや康円さんにはきちんと説明しているんでしょうね。

すぐに研人と水上くんの姿が見えました。研人が鳥居をくぐるときにきちんと一礼します。水上くんもそれを見て倣いましたね。

そのまま拝殿の方へ歩いていくと、後ろから男性も尾いてきます。研人と水上くんが拝殿の前でお祈りを始めると、男性は立ち止まりゆっくりと移動してどこか脇へ隠れようとしましたね。

あぁ、我が家の皆が出てきました。鳥居の方からは夏樹さんと青、本殿の方から勘一に紺、脇からは木島さんと我南人ですね。

男の方は最初は気づかなかったようですけど、徐々に距離を詰めてくる皆にはたと気づいて、移動しようとしましたが、時既に遅しですね。

我南人が、近づきながら思いっきり男性に向かって手を振りましたよ。

「宇田川さぁん！　宇田川拓也さんだよねぇえ！　作家のぉ」

宇田川さん？

昨日話に上がっていた小説家の方ですか？

まだ誰にも言ってなかったようで、取り囲むように集まってきた皆が、そうなの？

という顔をしましたよ。

宇田川さん、我南人にそう言われて本当に跳び上がらんばかりに驚いていましたけど、
逃げるのは無理と観念したようですね。

ふぅ、と大きく息を吐いて肩を落とし、マスクを外しました。

ようやくお顔を拝見できました。なかなかどうして、お姿同様に精悍な顔つきをして
いらっしゃいます。

「宇田川拓也さんって、『美琴へ』の宇田川さんですか？」

紺が驚いたように訊きました。そうですよね、紺は昨日の藤島さんとすずみさんの話
は聞いていませんでしたよね。

宇田川さん、こくり、と頷き、紺を見ました。

「初めまして、堀田紺さん。『ゆめのなか』読ませていただきました。面白かったです」

紺の書いた小説のタイトルですね。

読んでくれていたのですか。

そのまま、皆で我が家に帰ってきました。宇田川さんも一緒です。とにかくは何にもなかったんだし、宇田川さんもどういう方かはわかりました。落ち着いてゆっくり話を聞かせてもらおうと、誰も何も話さずに戻ってきましたね。

＊

わたしは先に古本屋へ戻ってきたのですが、そこに美登里さんがいてすずみさんと話し込んでいましたね。今朝会ったときと同じ服装のままです。仕事の途中でまた抜け出してきたのでしょうか。どうしたんでしょうと驚いていたら、帰ってきた我南人が大声で言います。

「あぁ、美登里ちゃんごめんねぇ、わざわざぁ」

「いいえ、大丈夫です」

きっと宇田川さんの件ですね。おそらく、離婚した妻である、長谷部さんに内緒で何か我南人が頼んだのではないでしょうか。店に入ってきた勘一もどうやら気づきましたよね。

「さぁて、まずは座って、落ち着いて話そうや」

皆が座卓につきました。勘一に我南人、紺に青に木島さん、それに研人に水上くんですね。そして、宇田川さんと、少し離れたところに美登里さんです。あまり人数が多くても仰々しいから後で事情は聞きますね、と、夏樹さんは帰っていきました。騒がせてしまって済みませんね。

「さて、改めて宇田川さんだったな。宇田川拓也さん。この本『美琴へ』の作者の」

勘一が、すずみさんが持ってきた宇田川さんの本を、すい、と、宇田川さんの方へと滑らせます。

宇田川さん、そうです、と頷きました。

「どうもお騒がせしました」

「騒いだのはこっちかもしれねぇけど、その発端になったのはあんたの尾行だと思ってんだが、間違いねぇよな？　あんた、この中学生の男の子を尾行したな？」

宇田川さん、ちらりと水上くんを見て頷きます。

「その通りです。しかしですね、堀田さん。堀田紺さんのおじいさんですね？」

「その通りで。申し遅れやしたが、紺の祖父の堀田勘一でございます。知ってたのかい？　紺のことは」

小さく頷きました。

「いい本を出されていますから」

「恐縮ですな。それで、宇田川さんよ」

「いや、待ってくださいよ堀田さん。ほぼ全員堀田さんでしょうから、勘一さんですか。

俺は確かにこの子の後を尾けましたが、何にも悪いことはしてない。待ち伏せされて連れて来られて糾弾されるようなことは、何一つしていませんよね？」

宇田川さん、ぐるりと皆を見回します。そうですね。勘一も、うむ、と渋い顔をします。

「確かにそうだがな」

「騒がせたのは謝りますよ。それは本当に申し訳なかった。水上くんだったか。これこの通りだ」

ぐい、と、宇田川さん頭を下げました。

「それから、今はここにいないようですが、水上くんを助けたやけに強い老人にも謝っておいてください」

「あいつは、元刑事だぜ」

茅野さんのことですよね。刑事と聞いて、宇田川さん、どうりで、と頷きました。

「尾行していても、随分と隙のない後ろ姿だと思いましたよ。これは拙いかな、とは思ったんですけどね」

パン！　と、宇田川さん自分の腿（もも）を叩いて立ち上がろうと座卓に手を突きます。

「とにかく、俺は悪いことはしてない。騒がせたことは謝罪した。これで失礼しますよ。ひとつだけ言っておくと、そのカメラに写っている写真は皆さんで確かめてから即刻処分した方がいいですよ。それだけは言っておきます。処分ですよ。いいですね。ではこれで」

立ち上がります。

「わかったぜ宇田川さん」

木島さんが、大きな声で言いました。

「あんたがどうして中学生を尾けまわしたのか、それでわかった」

その背中に声を掛けました。宇田川さんの動きが止まります。

「まぁそんな急いで帰らないで、座りなよ。取って喰うわけじゃなし、ここの家には鬼なんかいないぜ。ほら、座ってくれ。自己紹介すると、俺は堀田じゃなくて木島主水（もんど）ってもんだ。以前は事件記者もやっていたライターだ。〈駒瀞〉だってよく知ってるって言えば、座る気になるか？」

宇田川さんが、ゆっくり振り向いて木島さんを見ました。

木島さん、にやりと笑いながらさらに座れ座れ、と手で合図しますね。諦めたように、宇田川さんがどっかと座り込みました。

「その前に我南人さん」

「なぁにぃ」

「我南人さんはもう全部わかってるんですよね？　何でわかったのか、教えてくださいよ」

「そうだねぇえ」

我南人がゆっくりと言います。割合に緊迫した場面だと思うのですが、この男はいつでも緊張の糸をその口調で断ち切りますね。

「簡単な話だよぉ。僕は美登里ちゃんと長谷部さんを連れて出たときにねぇ、彼を見たんだぁ。彼が一瞬本当にびっくりしたのを見逃さなかったんだよぉ」

「それでか！」

勘一が膝を打ちました。

「それでだねぇ。彼がびっくりしたのは僕を見たからじゃなくてぇ、後ろにいた美登里ちゃんか長谷部さんを見たからだと思ったからぁ後で二人に訊いたんだぁ。さっきあそこにいた男を知ってるかって。そうしたらさぁ」

「美登里ちゃんはまるで知らない。長谷部さんは知ってたと」

紺が言います。

「いや、二人とも顔は見なかったんだぁ。彼はすぐに隠れたからねぇ。でもぉ、そのまま歩きながらいろいろ長谷部さんに話を聞いてぇ、そしてスマホに入っている写真も見せてもらったんだよ。元夫だった〈宇田川拓也〉さんのねぇ。それでわかった。そりゃ宇田川さんにしてみりゃあびっくりするよねぇえ。少年を尾行して着いた先の家の中から、いきなり元の奥さんが出てきたんだからさぁ」

確かにそれは、どんな人でもびっくりして一瞬固まってしまいますよね。我南人にその驚いた顔を見られてしまうのも当然です。

「今は、調査員をやっているんだよねぇ？　でもどっちかというと探偵って言った方がいいのかなぁ。本が売れなくて執筆依頼も来なくなって、作家としては全然やっていけなくて、食いつなぐためにもう何年もずっとやっているんだよねぇ。全部長谷部さんから聞いたよぉ」

やはり探偵さんでしたか。尾行にも慣れているのですね。

「どういう人なのかを聞いて確信したんだぁ。危ないことはしない人だってね。そういうことならさぁ」

「逃げないように大勢で取り囲んでしまえば、それでいい、ですか。さすが我南人さんですね。話が早い」

木島さんが感心したように言って続けます。

「思ってた通り探偵さんだったんだな。あんたは、この水上くんが料亭の写真を撮っている現場を見たんだ。つまり、あんたも水上くんがいたビルの非常階段が、〈駒瀞〉を隠し撮りするのに絶好の場所だってことを何らかの方法で突き止めて知っていたんだ。そうだろ？」

そうなのですかね。

宇田川さん、黙って唇を引き締めています。

「その撮影している現場を見ても、はっきりとカメラを確認はできなかったんだろう？確認できなかったというより、あんたは水上くんが明らかに中学生ぐらいに見えるから、使っているのはデジタルカメラだろうと思い込んじまったんだ。そりゃあそうだ。今時の中学生がフィルムカメラの一眼レフを使っているなんて誰も思わない」

「デジタルか」

なるほどな、と、勘一が頷きます。

「カメラに詳しい奴なら遠目にだってわかりますがね、きっと宇田川さんはそんなに詳しくなかったんでしょうな。そしてデジタルカメラならすぐにネットにもアップできる。何なら撮ったその場で上げることも可能だ。だから、あんたは、慌てた。そんなことさせたらマズイ。その辺にたむろしていたガキを使ってカメラを奪って、データを取り上げるか消そうかしようとしたんだろ」

そういうことですか。

そこに、茅野さんが出会したというわけですね。

「ところが、茅野さんに邪魔されて失敗した。しょうがなくカメラを奪う機会を求めて尾行したはいいけど、こうやって連れて来られてしまった。でもよ」

木島さんが、水上くんが座卓の上に置いておいたカメラを指差しました。

「ここに連れて来られて、ようやく水上くんのカメラが古いフィルムカメラだってことがはっきりわかった。この距離で見れば一目瞭然さ。それなら、安心だ、と。すぐにネットにアップされる心配もないし、レンズを見ても顔がわかるところまではたぶん、写っていないってね」

「それで、もう帰ろうとしている、か」

紺が頷きながら言います。

「よくわからんけどお節介そうな連中がいてこういう騒ぎになった。しかしたぶん水上くんを守ろうとしているだろう大人の男達がいるなら、現像した写真を適切に処理してくれるだろうって判断したんだろうさ。それで、もうさっさと帰ろうとした。違うかい宇田川さん？」

そういうことなのでしょうか。

宇田川さん、俯いて何も言いませんが、否定もしませんね。木島さん、ふっ、と力を抜き、宇田川さんに笑いかけて続けました。

「あんた、裏道を歩く男の皮を被って悪ぶってるけれどよ。慣れないことをするもんじゃねぇよ。俺みたいな男にはお見通しだぜ。宇田川さんさ、水上くんのことを知っていたんだろう？」

木島さんの言葉に、宇田川さんが顔を上げました。

「そもそも始まりからしてそうなんだ。何の関係もねぇただのガキだったら、その辺のガキ使ってカツアゲを装ったりしねぇでさ、後ろから軽く一発ぶん殴ってその隙にカメラ奪えばいいだけの話じゃないか」

確かに、と、紺も頷きます。

「それなのに、わざわざこんな遠回りして、水上くんに何にも知られないように済まそうとしたってことは、よっぽどのもんがこのカメラのフィルムに写っているのをあんたは知っていた。そして、子供には教えたくないような、その事実から水上くんを守ろうとしたんだ。ましてや水上くんにヤバい火の粉が掛からないようにさ」

うむ、と、勘一頷きましたね。

「納得できる話だ。さすが木島だな。どうだい、宇田川さん」

勘一も、にこりと微笑みかけました。

「どういう事情か、話してくれねぇか。少なくともさ、うちはもうあんたの元奥さんと知り合いになっちまった。しかもあんたの息子はうちの研人とも同じ学校だっていうじゃねぇか。知らない仲ではあるけどよ、縁があるみてぇだぜ？」

ふぅ、と、宇田川さん息を吐きます。そして、今まで胡坐をかいていたのですが、正座して顔を上げます。心なしか、穏やかな顔つきになりましたね。

「驚きました。中学生が、あの場所で〈駒瀞〉の写真を撮ってるんですからね。しかもまさに密会しているその現場を」

密会ですか。

勘一や木島さんが顔を顰めましたが、宇田川さんが軽く右手を広げました。

「どういう連中の密会かは、訊かないでください。とにかく、あそこで会っていることが世間にわかると、とんでもない大騒ぎになるある大物同士の密会ってことだけで。だからこそ、朝だったんですよ。まさか高級料亭が営業していない朝からそんなことが行われるなんて、誰も想像しない。そこを狙っての密会です」

それはそうかもしれませんけれど。

「その密会があることを、宇田川さんがどこで知ったか、というのも訊かない方がいいってことですね」

紺です。宇田川さんが頷きます。

「概ね想像はつくでしょうが、訊かないでください。迷惑は掛けられないんで」

そういう話が漏れるのは大体のところ身内からですよね。宇田川さんの立場を考えると大きな声では言えませんが、その料亭の関係者から聞いたということでしょうか。

「わからないんですが、どうして水上くんはあそこの場所を？」

研人が教えてあげると、なるほど、と宇田川さん苦笑いします。

「俺もびっくりしたぜ。そんな場所があるなんてな」

「でしょうね。僕も聞いたときにはまさかと思いました。下見したときには興奮しました。こんな場所を独り占めできたら、とんでもないスクープを入手できるんじゃないかと」

「しかし、あんたは探偵だろう。何でそんなスクープ狙いのブンヤみたいな真似をしたんだい」

宇田川さん、ふぅ、と大きく溜息をつきました。

「もう僕が離婚していることはご存じですよね。デビューできたはいいけれどまったくピクリとも売れない作家で、でもいつまでもそこにしがみついて、妻に愛想をつかされて離婚して、そして毎月払う予定の養育費も払えずに息子にも会えなくなっている男なんです」

我が家の男達は身につまされる話ですよね。特に同じ小説家でもある紺は。家業があるから暮らしていけるような日々でしたからね。木島さんも、うんうん、と頷いています。そういえば木島さんも長いこと文筆業ではフリーの立場でしたよね。

「息子の中学校へ、たまに行ってたんです」

「学校へ？」

「下校の時間帯にですね。もちろん、不審者に思われないように遠くからですよ。その辺りは、探偵なんていう調査仕事は、時間さえ空けば身体は自由になりますから」

「元気な様子を見たくってかい」

勘一が訊くと、そうです、と、宇田川さん苦笑しながら頷きました。その気持ちも、よくわかりますよ。

「喰っていくためのバイト感覚だった探偵の仕事も、もうすっかり習い性になってしまっているんですね。そうやって息子を、和也っていうんですけど、門から出てくるはずの和也を捜しているうちに、雰囲気の似た男の子の顔を知らないうちに覚えてしまったんですよね」

「それが水上くんだったんだな？」

遠くから見ていたんでしょうね。あの子か、いやあの子かと捜しているうちに水上くんのことも見知ってしまったんでしょう。

宇田川さんは、そうです、と頷きました。

「どうして和也と同じ中学校の生徒がこんなところで撮影なんかしていたのかはわかりませんでしたけど、何も知らずに撮影してるんだろうと思いました。そして、とんでもないものを撮ってしまったのは間違いない。もしもこれがバレたら、下手したら社会的に抹殺されることだって考えられる。それぐらいのものなんですよ今回の密会は」

震えが来そうなお話ですけれど、事実なんでしょうね。

勘一が腕を組みながら頷きました。

「その事実を知っているだけでもひょっとしたら拙いことになるってぇことだ。あんたは、子供をそんな目にあわせたくなかった。だから、何にもわかんねぇままにその場で悪そうな若いのを使ってカメラを奪おうとしたけど、失敗した、か」

宇田川さん、頷きます。

「てっきりデジタルカメラだと思ったんですよね。何にも知らないうちにカメラを奪ってデータだけ消してカメラは返してやろうと思ったんですけど」

「いや、それだけじゃないだろうよ」

木島さんです。

「あんたは、水上くんを守るためにも、自分がその写真を撮ったってことにしようと考えたんじゃねぇか？　どっかのスキャンダルを扱う雑誌かネットニュースに持ち込んでよ。この写真を撮ったのは自分でございっていう、もちろん公表なんかしねぇが既成事実を作ろうとしたんじゃねぇか？」

下を向いて、宇田川さんは静かに頷きます。

「おこがましいですけど、そう考えました。自分が撮ったことにしておけば、そして水上くんは何にもわからないままにすれば、大丈夫だろうと」

木島さんは、険しい顔をします。

「宇田川さん、そんなことをしたら、消されるぞ」

「運が悪けりゃ消されるでしょうね。けれども、その前に、その写真を売れば確実に儲かります。それで、その金で、今まで払えなかった息子への養育費も支払えるのは間違いなかったんですよ」

そういうことでしたか。

「LOVEだねぇ」

あぁ、ここですか。確かに宇田川さんが危ない橋を渡ってでも現場を撮ろうとしたのは、家族への愛があったからでしょうけど。宇田川さんはきょとんとした顔で我南人を見ていますよ。

「LOVEが宇田川さんを動かしていたんだよねぇ。子供を守ろうとしたのも、自分がやったことにしようとしたのも、お金を手に入れようとしたのも、全部宇田川さんの奥さんと息子さんへのLOVEだよねぇ。LOVEが届いてほしいって思ったんだよねぇえ。でもねぇ宇田川さんぅ。聞いてるぅ？　僕のこと知ってるぅ？」

「あ、はい、もちろん」

聞いてますよ。それにあなたのことを知ってるかどうかはここで確かめなくてもいいですよね。

「本当のLOVEで繋がれたらぁ、そのLOVEは延びるんだぁ。どこまで離れてもずっと延びてぇえ消えないよぉ。ねぇ、美登里ちゃんぅ」

　我南人が美登里さんを呼びました。

　そうでした。美登里さん、じっと黙って皆の話を聞いていましたけど、結局どうして我南人は美登里さんをここに呼んだのでしょうね。

　元奥さんの長谷部さんを呼んだのなら、まだ素直に話はわかるんですけど。

　美登里さん、我南人に呼ばれて、静かに頷きます。そして宇田川さんの方を向きましたね。

「宇田川さん」

　宇田川さんも、そういえばこの子は、という顔をして、はい、と美登里さんの方を見ます。

「私は、長尾美登里といいます。長谷部美琴さんの仕事仲間でずっと仲良くさせてもらっています」

　美登里さん、背筋をぴんと伸ばし、微笑みます。

「美琴さん、言ってました。売れない作家を夫に持って、離婚はしたんだけれど、それはあの人のためだって」

「僕のため？」

「そうです。私たち家族がいることが、ずっとあの人の負担になっていたってわかっていたからなんだって。決して嫌気が差したわけでもなんでもない。ずっと死ぬまであの人が小説家として成功することを願っているって。そして、養育費が全然支払われないことも怒ってはいましたけれど、ずっと待ってるって。お金じゃなくて。宇田川さんが会いに来てくれることを。そのときに手に持っているのがお金じゃなくて、それは確かに嬉しいけど、新しい本だったら嬉し過ぎて死んじゃうかもって」

にっこり笑って、美登里さんは言いました。本当です、って付け加えて、皆を見回しました。勘一も、うんうん、と頷いています。

「よしっ！　と」

パン！　と手を打って木島さんが立ち上がります。

「これですっきり話は通りましたね。後は任せてもらいますよ。水上くん」

「はい」

「今日の話は、何もかも忘れろよ。まぁカメラマン志望なんだから、どんな写真を撮ろうがこれぐらいの話はついて回ることがあるのを知ったのはいい経験になったろ。そして、カメラを、いやフィルムは預かるぜ。いいな？」

そう言って水上くんが頷くのを待って、慣れた手つきでフィルムを巻いて中から取り出しました。そういうのを見るのも久し振りですね。

「フィルム代は、まぁ我南人さん払っといてください」

「いいよぉ」

木島さんがジャケットのポケットにフィルムを入れます。

「木島、おめぇは大丈夫なのか」

勘一に訊かれて、木島さん、ニヤリと笑いましたね。

「近頃は藤島社長の下で随分とのんびりしてましたからね。堀田さん、俺の馴染んでいた水がどんなものか忘れちまいましたか？」

元は敏腕の雑誌記者さんですよね。それもスキャンダルや醜聞といったものばかりスクープしていた人でした。

「こういうものは、俺みたいな連中に任せてください。向こうだって傷つけられるのはゴメンですからね。まぁ金は稼げないし、政財界の奴らの悪巧みを世間に晒せないのも残念ですが、上手いことお互いに痛み分けってことで話つけさせますよ。向こうだってそれがいちばんいいんですからね」

勘一が渋い顔をしましたが、頷きます。

「ここはきれいさっぱり下水にでも流しちまうのがいちばんか」

「そういうこってすね。じゃ、善は急げですからね。さっそく取り掛かりますよ」

宇田川さんは思わずという感じで、声を掛けます。

「しかし、それでは」

木島さん、ニヤリと笑います。

「あんたは、小説家なんだろ。小説を書けよ。そして、印税の稼ぎが入ったそんときには、足代ぐらいは奢ってもらうからよ」

木島さんがコートを掴むと、飛ぶような勢いで裏玄関から出ていきました。宇田川さんが、心配そうな顔をして勘一を見ました。

「あの人は」

「なぁに心配すんな。あいつなら大丈夫だ」

＊

本当に忙しい一日でしたね。何日も経ったかのようにいろんなことがありましたし人の出入りも多かったですけど、ほんの半日ほどのことでした。

宇田川さんはいずれまた伺いますと帰っていきました。でもその前に古本屋で眼を輝かせながら棚を眺めていました。勘一が、泡銭でも稼げなかったのはちょいと可哀相だからと、二、三冊好きなものを持っていきな、と笑って言ってましたね。紺とも、また後日ゆっくり本の話をしましょうと連絡先を交換していましたから、そのうちにいいお客様になってくれるかもしれません。

暮らしのことや、小説のことはわたしたちにはどうすることもできませんが、頑張ってもらいたいですね。いつか長谷部さんからでも、美登里さんからでもいいですから、楽しい報告が聞ければいいと思います。

皆が寝静まった頃、台所に水を飲みに来た紺が、そのまま仏間にやってきました。話せるでしょうかね。仏壇の前に座って、おりんをちりん、と鳴らします。

「ばあちゃん」

「はい、お疲れ様だったね」

「なかなかない経験ができたね。まさかお偉いさんの密会なんて」

「そんなもの、ある方がおかしいんですよ」

「それはそうだけどね」

「木島さんは大丈夫かね。またいつかのようにしばらく雲隠れしなきゃならないなんてことになったら、申し訳ないね」

「一応藤島さんのところの契約社員だからね。あそこは法務関係も強いしいざとなったら頼りになるよ」

「そうかい。美登里さんもあれだね。元気にやってくれて嬉しいね」

「事務所もそんなに遠くないし、これからちょくちょく顔を見せてくれるんじゃないかな。また賑やかになるよ」

そうですね。あら、話せなくなりましたか。紺が微笑んで、おりんを鳴らして部屋へ戻っていきます。

おやすみなさい。また明日も頑張りましょう。

LOVEだねぇ、は我南人の口癖ですが、愛があれば何でもできると思うのは大間違いです。でも、愛がないと何だろうと上手くできないのも事実なんですよね。

親子だろうと夫婦だろうと、どんな関係でも上手くいかなくなることだってあるのは、あたりまえ。むしろ何もかも上手くいってる関係なんか、この世にはないのかもしれません。

どんな関係だろうと、繋がったときには、そこには結び目かあるいはくっつけた跡があるんです。毎日止まらずに動き続けていれば、その結び目がいびつになったり剝がれそうになったりするんです。ほどけないように、剝がれないようにしていくことがお互いに関係しあって生きるってことですよね。

でも、我南人のいうところのLOVEには、結び目もくっつけた跡も何もないのかもしれません。何もないからこそ、どんなに遠く離れても、振り回しても、折れ曲がっても、ずっと繋がっている。

そういうものが本当の愛で、それは案外誰にでもあるものかもしれません。それがきっとあると心の奥でわかっているからこそ、人は泣いても笑っても明日の方を向けるのかもしれませんね。

冬　孫にも一緒の花道か

一

わたしたちが子供の頃の冬には、東京にもわりとよく雪が降り積もったものです。庭に積もった雪で雪だるまを作ってみたり、男の子たちは雪玉を投げ合って遊んだりしていました。勘一などは橇(そり)で遊んだことがあるとも言っていました。

今の東京は雪が降ると大騒ぎになります。家で普通に過ごしている分にはさほど問題はないのですが、出勤や通学の人たちは交通機関が遅れたりして大変なことになってしまうのですよね。

天気予報はとても正確になっていますから、それぞれの関係の皆さんもそれなりに雪のための準備はしているものの、積もるとどうしてもいろんな混乱が起きてしまいます。

それでも、やっぱり朝になって庭に雪が積もっていると、いつもとはまったく違う景色にどこかわくわくしてしまいますよね。大人だってそうなんですから、子供たちはもう言わずもがなですよね。

先日、天気予報通りに未明から雪が降り始め、皆が目覚める頃には一、二センチでしょうか、庭が白く彩られていました。我が家や裏の杉田さんの庭には南天の木がありますから、その赤い実と白い雪のコントラストは、年に一回ぐらいは見るとはいえ本当に美しくて、ない絵心を刺激されるようでしたね。

さすがに大学生の花陽と高校生の研人や芽莉依ちゃんがいきなり庭に飛び出すようなことはないのでいいですけれど、かんなちゃん鈴花ちゃんはもう大変ですよね。

いつもなら起き出すとすぐに隣の〈藤島ハウス〉へ研人を起こしに行くのですが、今朝は階段を下りてきて縁側から外を見た瞬間にぴょんと飛び跳ねました。

もう台所で朝ご飯の準備をしていた亜美さんとすずみさん、それぞれのお母さんのところへ駆け込んで、なにをきたらいい！　と眼をきらきらさせて言います。

朝ご飯を食べてから、と言い聞かせても無駄でした。花陽と芽莉依ちゃんが二人に冬のダウンジャケットと手袋、毛糸の帽子に長靴と、完全防備させて庭へと送り出します。そして、雪が降ったことをわかっているのかどうか、犬のアキとサチもずっと外へ出たがるものですから、二匹とも縁側から出してあげました。

文字通りの犬は喜び庭駆け回り、ですね。アキとサチはリードを付けられて誰かが一緒じゃないと庭の外へ飛び出したりしませんから、大丈夫です。

でも、雪はすぐに融けますから、上がってくるときには汚れた足やお腹を拭かなきゃならないので大変なんですよね。

そして猫は炬燵で丸くなるものなんだそうです。もう年寄りのポコとベンジャミンは、それこそ炬燵にした座卓の炬燵布団に寝そべり、犬たちは何をしているのかと見ていましたが、まだ若い玉三郎とノラは縁側のところで眼を真ん丸くさせていましたね。


幼稚園も学校も冬休みに入り、これから新年に向けてやらなきゃならないことも、そして楽しいイベントも目白押しです。

もう過ぎてしまったのですが、子供たちが楽しみにしていたクリスマスパーティを、今年も十二月二十四日の夜に行いました。

研人とかんなちゃんのおじいちゃんおばあちゃんである脇坂さんご夫妻に、家族同然の藤島さん。増谷裕太さんにお母さんの三保子さんと婚約者の真央さん。会沢の夏樹さんと玲井奈ちゃんと小夜ちゃん。池沢さんと、コウさんと真奈美さんと息子の真幸くん。それに木島さんご夫妻と、亜美さんの弟さんの修平さんと奥さんの佳奈さんも顔を出してくれました。

藤島さんの元相棒の三鷹さんご夫妻と愛ちゃんは向こうのご両親と一緒にクリスマス

を過ごすそうで、それはもうもちろんですよね。それでも三鷹さんは藤島さんを通して、かんなちゃんと鈴花ちゃん、それに真幸くんと小夜ちゃんにもクリスマスプレゼントを贈ってきてくれていたのですよ。ありがたいですね。

イギリスに住んでいる藍子とマードックさんからは、本場のクリスマスカードや素敵なクリスマスオーナメントが事前に届いていました。離れている家族からは便りのあるのが何よりですよ。

でも、今は便利ですよね。パソコンやスマホで顔を見ながらごく普通に話ができます。テレビ電話なんて昔は本当にSFの世界の話でしたよね。こちらのパーティの時間に合わせて、藍子とマードックさん、それにマードックさんのご両親も元気な顔を見せてくれました。しばらくの間、画面のこちらと向こうで皆で代わる代わる話をしていました。

そうそう、イギリスのマードックさんの家には大きな犬がいるのですよ。ディズニーのアニメでお馴染みのダルメシアンという犬種で、名前はミッキーだとか。でもそれはネズミの名前ですよね。

ときどき藍子がミッキーを抱きかかえてパソコンの前に連れてきて、うちにいるアキとサチとご対面させているのですが、いつも両方ともきょとんとした顔をするだけです。四匹の中では比較的気の強い猫のベンジャミンも抱きかかえてミッキーと対面させたのですが、みるみるベンジャミンが警戒して毛が膨らんできたので慌てて下ろしましたよ。

これまではマードックさんがローストチキンや、ミンスパイ、クリスマスプディングなどを用意してくれていたのですが、今年は代わりに小料理居酒屋〈はる〉さんのコウさんと真奈美さんがそれらも作ってくれました。

コウさんと真奈美さんも、今年は思い切ってお店をこの日だけお休みにしたのです。もう真幸くんも皆と一緒にパーティを楽しめるので、友達や恋人とクリスマスを過ごす年頃になるまではそうしようと決めたのですよね。

子供たちのための行事は、あと何年続けられるでしょうね。

実際、今年は、研人は渋谷のライブハウスで行われるクリスマスライブに〈TOKYO BANDWAGON〉で参加すると決めて出演してきました。ですから、このパーティにはいなかったのです。花陽も今年はいますけれど、高校時代に一度友達同士のパーティで途中にいなくなったこともありましたよね。そうやって子供の成長をひとつひとつ噛(か)みしめるのも、こういう行事の良さなのでしょう。

楽しい時間を皆で過ごしているのですが、その中で、花陽は今ひとつ元気がありません。いえ、元気は元気なのですが、本当ならクリスマスやこれからやってくる年末年始を一緒に楽しく過ごせるはずの人が、傍(そば)にいないからですね。

お付き合いしている麟太郎さんです。

もちろん、病院の臨床検査技師という大変なお仕事が忙しいのはそうなのですが、麟太郎さんのお父さんのボンさん、東健之介さんがいよいよなのですよ。

もう数ヶ月、その日が近いと言われながらもずっとボンさんはベッドの上で頑張っているのですが、意識もない日が続くこともあります。その度に、麟太郎さんは病室に駆けつけているのです。連絡を貰う我南人も、そして花陽もですよね。

それでも、麟太郎さんも、盟友とも言うべき我南人も言います。

他の人たちはいつも通りに過ごさなきゃならないんだと。ボンさんは、自分のために誰かに生活を犠牲にして過ごしてもらおうなんて思っていないと。

だから花陽も、クリスマスも年末もお正月も普段通りに過ごすつもりではいるのですが、やはりどこか落ち着かなく、そして少し淋しそうなんですよね。自分はいつも通りに過ごすとはいえ、実の息子である麟太郎さんはそうはいきませんから。


そんな年の瀬も押し迫った十二月のある日。

堀田家の朝は今日も賑やかです。

藍子からの贈り物でさらに華やかだったクリスマスの飾り付けも、二十六日にはあっという間に片付けられて、押し入れや物置にしまわれました。もうその片付けだけでも大騒ぎでしたね。

片付けといえば、今年の大掃除はちょっと大変ですよ。昨年までは〈藤島ハウス〉に入居している皆は当然のようにそれぞれの部屋を大掃除していました。藍子とマードックさん、それにかずみちゃんに池沢さんでしたから、何も気にかけることはなかったんですよね。

それが、今年は研人に花陽と芽莉依ちゃんです。花陽と芽莉依ちゃんはそれなりにきれいにしているのでしょうけど、問題は研人ですね。以前は藍子とマードックさんがアトリエに使っていたところを部屋にしているのですが、楽器や機材やその他もろもろがまるで本当のスタジオのように山ほど積まれています。電子機器を繋ぐケーブルが床で大蛇の行進のようにたくさんうねっています。

こういうのを素人がいじって掃除などすると大変なことになりますけど、とにかくしてもらわないことには埃だってあちこちに溜まっているんですよ。同じミュージシャンである我南人の部屋はどうかというと、こちらは電子機器が少ないせいでしょうね。それほど大変ではないのです。ギターやLPレコードなんかがまるで博物館のようにずらりと並んでいるぐらいで、それはどかして掃除すればいいだけですからね。研人の部屋をどうやって掃除するかと、母親である亜美さんや彼女である芽莉依ちゃんが今から作戦を練っていますよ。

そうそう、藤島さんが何でも今年は年末をずっと我が家で過ごしたいと言ってきました。

今年、藤島さんはお父様である書家の〈藤三〉さんを亡くして喪中なのです。以前は家でお父様たちと過ごしていたのですが、ご実家は新しい施設に改装中でもうありません。奥様であった弥生さんも、今年は弥生さんのご実家で過ごされることにしたとか。以前から我が家で昔ながらの大晦日、お正月を迎える準備とか、そういうことをしながら一緒に過ごしたかったと言うんです。それはまぁ本当に物好きですけど、藤島さんですからね。どうぞご一緒にと言いましたが、もう家族同然の藤島さん、皆にこきつかわれるのは覚悟してくださいね。

いつものように朝早く自分たちで起きたかんなちゃん鈴花ちゃんが、まだ冷たい縁側を走ってフリース姿のまま〈藤島ハウス〉に駆け込んでいきます。表玄関はもう管理人の玲井奈ちゃんが鍵を開けておいてくれています。

この秋に正式にここの管理人になった玲井奈ちゃんもわかっていますから、玄関の左脇にある部屋の小窓から「おはよう」と小声で挨拶です。最初の日に大きな声で挨拶したら、かんなちゃん鈴花ちゃんに「しーっ、けんとにぃがおきちゃう」と怒られたと玲井奈ちゃんが笑っていました。

そうして二人は忍び足で廊下を歩き、一階の奥にある研人の部屋へこっそりと忍び込んで行って、ベッドの上にダイブして起こすのです。隣に住んでいる花陽と芽莉依ちゃんも、実はこのかんなちゃんと鈴花ちゃんのダイブがいい目覚ましになっているのだとか。防音になっている研人の部屋ですけど、それなりに音は響きますからね。きっと二階に住んでいる池沢さんの耳にも届いていると思いますよ。そうそう、ちゃんと二人は鈴花ちゃんのおばあちゃんである池沢さんにも、朝の挨拶をしてから戻ってくるんですよ。

冬の間には長い炬燵布団が掛けられて炬燵になる我が家の居間の座卓では、四匹の猫、玉三郎とノラとポコとベンジャミンが、それぞれの場所で布団の裾や中に入り込んでごろごろしています。犬のアキとサチも一緒になって寝ころんでいますが、大抵はポコとベンジャミンにくっついたりしていますよね。ポコとベンジャミンは我が家でいちばんの古株で、特にポコはアキとサチが我が家に来たときにも先輩として世話していましたからね。アキとサチにとっては姉みたいな感覚かもしれません。

かずみちゃんと亜美さん、すずみさんが台所にやってきて朝ご飯の支度を始めると、若い玉三郎とノラが、自分たちのご飯はまだかと台所をうろうろしたりします。花陽と芽莉依ちゃんも起きてきて、台所でお手伝いです。そうそう、勉強ができて美人で性格もいいという、まるで長所のてんこ盛りみたいな芽莉依ちゃんですけれど、お料理も得意なんですよね。

紺の奥さんの亜美さんといい、青にすずみさんといい、研人に芽莉依ちゃんといい、どうして堀田家の男には素晴らしい女性の伴侶(はんりょ)が見つかるのでしょうね。あら、それを言うとまるで自分を褒めているみたいですね。

かんなちゃん鈴花ちゃんが研人を連れてくる頃には、勘一が新聞を取ってきてそのまま座卓の上座にどっかと座り、向かいには我南人。紺や青に、そして今日からほぼ我が家に居続けるという藤島さんは、かんなちゃんと鈴花ちゃんの席決め待ちですね。

「よし、じゃあ今日はすきなところにすわりましょう」

「すずかは、おおじいちゃんのとなり」

「かんなは、がなとじいちゃんのとなり」

「あとはみんなすきなところにしてね」

好きなところと言われるのがいちばん困りますが、慣れたものですから、はいはい、と男性陣は適当なところに座り、芽莉依ちゃんが箸置きとお箸を置いて回ります。正直に言えばどこに座ろうが変わりませんからね。でも、芽莉依ちゃんはさりげなく研人の隣に自分の箸を置きました。

今日の朝ご飯は、白いご飯におみおつけ。中身は大根に豆腐に三つ葉です。ふろふき大根に味噌を載せて、小魚のマリネに目玉焼き、佃煮(つくだに)とほうれん草の胡麻和(あ)え、それに胡麻豆腐に焼海苔に梅干しですか。おこうこには我が家の定番の大根のビール漬けです。

皆が揃ったところで「いただきます」です。

「今日はえらく暖かくて良かったたな」

「ごはんは、すこしだけにしておくよ」

「研人、今日中になんとかしてよケーブルとか」

「あら、ちょっと酸っぱ過ぎたかねこのマリネは」

「お店はいつも通りの営業ですよね今日も」

「すずかも、はんぶんかな」

「餅つきだねぇ？　僕はぁ後から行くからねぇえ」

「わかってる。ちゃんと考えたから。外して回るのは無理だから持ち上げるから」

「いや、ちょうどいいよ。こんなもんじゃねぇか」

「あ、臼と杵はご飯食べたら直接持っていくから、藤島さんも手伝う？」

「お餅をたくさん食べたいから少しなの？」

「そう、いつも通り。でも今日辺りから暇なら六時には閉めるよ」

「持ち上げるって、どうやって」

「やりますやります。すぐそこの二丁目の〈昭爾屋〉さんですよね」

「お餅食べ過ぎたらお腹がぱーん！　ってなっちゃうよ」

「おい、粉チーズあったろ粉チーズ」

「ほらキャスターついたハンガーあるだろ。あれに引っかけて持ち上げてさ」

「あんまり暖かい格好させたら汗かいちゃうかもね。すぐ脱げるものにしようか」

「はい、旦那さん粉チーズです」

「すずかもかんなもおおぐいだからだいじょうぶだよ」

「けっこう汚れるからね。エプロンとかはあるけど、どうでもいい格好した方がいいよ」

「旦那さん！　マリネに粉チーズですか！」

「合うんだってこれが。試してみろよ」

　何となく合うような気がしないでもないですけれど、でもマリネにはどうなんでしょうか。試してみる気もしませんけれど。そして藤島さん、ただの荷物を運ぶのにどうしてそんなに嬉しそうなのでしょうか。

　毎年二十七日頃に行う町内会の名物行事の餅つき大会の話をしていましたね。

　二丁目の和菓子屋さんである〈昭爾屋〉さんが行っているもので、元々は商売用のお餅をつくのを宣伝も兼ねて先々代が外で始めたものです。

　そして、どうせなら賑やかにやれたらいいな、と、昔はまだけっこう個人の家にもあったご近所の臼と杵を集めて、〈昭爾屋〉さんの店先とお隣の玩具屋(おもちゃや)の高橋(たかはし)さんの駐車場をお借りして行う大会になっていきました。

　町内会の行事になってもうかれこれ二十数年も続いていますから、立派な地域のお祭りになっていますよね。藍子や紺も青も小さい頃は毎年お餅をついていましたし、かんなちゃんと鈴花ちゃんも生まれたときからずっと参加していて、毎年とても楽しみにしています。

近所に住んでいるとはいえ、普段は交流のあまりないちょっと離れたところに住む子供たちがもちろんその親たちも顔を合わせて一緒にお餅をついて、つきたての黄な粉餅や納豆餅やお汁粉などを仲良く食べるだけでも、地域の活性化にも繋がっていくと思います。

「お昼前に始めるんですよね」

藤島さんが紺に訊きます。一応町内会の行事でお店として参加するときには、紺が我が家の一切を取り仕切りますからね。

「そう、もうもち米なんかは昨日の夜から〈昭爾屋〉さんの方で水に浸してあるから」

「一晩も浸すんですか？」

そうなんですよ。知らない方も多いでしょうが、お餅をつくときに使うもち米は、寒い時期は一晩ぐらい浸しておく方がとても美味しく蒸し上がります。

「蒸し上がるのが十一時過ぎだから、それぐらいまでに臼と杵を持っていって準備だね」

玲井奈ちゃんと三保子さんが、小夜ちゃんとかんなちゃん鈴花ちゃんの面倒を見てくれることになっています。男性陣では〈昭爾屋〉の道下さんと幼馴染みでもある我南人と、紺が行きます。それに藤島さんもいるので十分ですね。

つきたてのお餅は本当に美味しいですからね。我が家の皆も交代で顔を出してちょっと食べてきます。でも、勘一は注意しなければなりません。お餅が喉につっかえて亡くなってしまうお年寄りのニュースが、いつも新年にはでてきますからね。

朝ご飯が終わると、それぞれに仕事や年末の準備です。

カフェには亜美さんと花陽と芽莉依ちゃん。この時期になるとお客さんも年末の慌ただしさの中でぐっと減りますから、三人で十分です。ご近所に住むお年寄りの皆さんのところも、家族が帰ってきたりあるいは家族の家に行ったりするのですよね。休日にアルバイトに入ってくれる和ちゃんも実家の方へ帰っていますから。かんなちゃん鈴花ちゃんも、皆に挨拶して、オーダーを取るお手伝い。でもきっと早くお餅つきをしたくてうずうずしていますよね。

かずみちゃんはいつものように家事をこなしてくれていますが、お掃除はどうせ大掃除が入るので後回しにです。

紺と青は、庭の蔵の中の掃除の準備ですね。普段もモップなどで掃除していますが、天井の梁(はり)には一年の埃などがどうしても溜まります。それを拭いて、舞った埃をまた掃除して、と、今年は本の整理はしませんので単純にお掃除ですけど時間は取られます。それに高いところに行くのでやっぱり男性陣なのですよね。

まず下にあるものに埃が掛からないようにしなきゃなりません。そのために使う白布を用意したり、白布の埃をまずは外で払ったりと、明後日(あさって)からの大掃除のためにやるべきことはけっこうたくさんあるのですよね。

勘一はいつものようにどっかと帳場に座ります。すずみさんはお客様のいない間に古本屋の棚の掃除です。帳場の周りは勘一がやりますよ。

「はい、勘一さんお茶です」

「おう、ありがとな」

芽莉依ちゃんが熱い日本茶を持ってきてくれました。女性には優しい勘一ですけど、芽莉依ちゃんにはさらに優しい笑顔と態度になりますよ。藤島さんも古本屋に来て、すずみさんの掃除の手伝いを始めましたね。大会社の社長さんがエプロンしてモップ掛けです。写真に撮ってネットに上げたらものすごいことになるのではないでしょうか。

「ほい、おはようさん」

祐円さんがカフェの方から入ってきましたね。コーヒーを頼んだ声が聞こえてきて、古本屋にひょいと現れました。

今日は神主さんらしく紫色の袴(はかま)に白衣ですね。そういう格好をしてもつるつる頭とふくよかな顔で、お坊さんに見えてしまうから不思議です。

「おはよう」

「おはようございます」

「なんだよ藤島ちゃん。社長さんがアルバイトかい？」

藤島さん、笑いますね。

「はい、祐円さんコーヒーです」

「おっ、芽莉依ちゃん。エプロン姿が一層可愛いねぇ」

芽莉依ちゃん、はい、と、にっこり笑って受け流します。もうすっかり祐円さんの軽口にも慣れっこですね。

「いや本当に藤島何やってるんだよ。手伝いなのか？」

「いえ、今年の年末はもうずっと堀田家にお邪魔する予定なので、大掃除を」

「なんだよ。じゃあうちにも来て手伝ってくれよ」

「ぶつぶつ言う前にこっちに来ないで仕事しろよ。一年でいちばんのかき入れ時が間近だろうよ」

そうですよね。神社はまもなく一年でいちばんの人出のときを迎えます。毎年初詣のお客様の応対で大わらわです。

「勢い付けだよ。いつも通りに一日を始めることがいちばんじゃないか」

「まぁそりゃ一理ある」

「〈東京バンドワゴン〉の年末の営業は、二十八日、明日までですよね？」

モップをかけながら藤島さんが訊きます。

「そうですよ。二十八日は通常通り営業して、二十九、三十、三十一日は大掃除とお節(せち)作りです」

「明けて三が日はのんびりして四日五日で準備をして、六日から元通り。例年よりゆっくりだな。おめぇの会社はどうなんだよ」

「同じような感じですね。概ねカレンダー通りです」

「藤島んところはあれだろ？ IT企業なんだから、年賀状とかも書かないし、新年の挨拶回りなんてのもしないんだろ？」

祐円さんがコーヒーを啜(すす)ってから訊きました。藤島さん、いや、と軽く首を横に振ります。

「それがそうでもないんですよね。それこそIT関連企業の間ではネット上で新年の挨拶などは済ませますけど、そうはならない業界の方々の方が付き合いは多いので」

「こういう頭の古い連中なんだろ」

祐円さんが勘一の頭を指差します。

「馬鹿野郎。俺なんざぁこの年で藤島の仕事の話に付き合えるんだぞ。おめぇはギガバイトっても何のアルバイトだって口だろ」

笑いました。わたしもその口ですね。孫たちの様子や藤島さんの話をこうして聞いていますからLINEとTwitter（ツイッター）とFacebook（フェイスブック）の区別もつくようになりましたけど。

「お、玲井奈ちゃん」

珍しく古本屋の戸を開けて入ってきましたね。〈藤島ハウス〉を出てまっすぐ来ましたか。

「おはようございます。藤島さんも」

小夜ちゃんを連れてきたのかと思ったら一人ですね。まだ餅つき大会に行くのも早い時間ですし。

「どうしたカフェの手伝いか？」

「いえ、勘一さんと、藤島さんにもちょっと話したかったんですけど」

「なんだどうした」

玲井奈ちゃん、顔を顰めて外を見ました。

「ちょっとヤバいかなって感じなのがあって」

「ヤバい？」

何がヤバいのでしょう。

「この間から、変だなって思ってたんですけど、どうもうちを、〈藤島ハウス〉を探っているような人たちがいるんですよね」

「探っている、だ？」

勘一が繰り返しました。

「人たち、ってことは複数なんだね？」

藤島さんです。

「そうなんです。あ、でも何人かで来るんじゃなくて、見たときには一人なんですけど、違う人がまたやってくることがあって」

「え、それはどうして探っているってわかったの」

すずみさんが訊きます。

「藤島さんの部屋を掃除していたら、たまたま窓から見かけたんです。最初は、前の通りをこうゆっくり歩きながらこっちを見ているんですよね。それはよくあることですよ。〈藤島ハウス〉は渋い建物だし、スマホで写真を撮って行く人なんかもいるし、気にはしないんですけど」

この辺りは下町と呼ばれて観光客も訪れます。我が家も古さでは群を抜いていますから、外観の写真を撮っていく人も毎日何人かはいらっしゃいます。〈藤島ハウス〉もまだ築年数は浅いですけど、どこか明治か大正モダンの香りのするデザインと造りですからね。写真に撮られることは多いと思います。

二階の藤島さんの部屋の窓からは、通りがよく見えますからね。

「で、ふとそういう人がいるな、っていうのに気がついて、外からこっちが見えないような位置からそっと見ているとと、その人が通りで爪先立ちしたりして、窓の中を見ようとしているんですよね」

ふむ、と勘一が考えます。

藤島さんも少し眼を伏せました。

「いや、それもですね、素敵な建物だから部屋の中はどうなってるんだろうなー、って覗こうとしたっていうならわかるんです。ワタシなんかも、今までにそんなふうにしたこともありますから」

「でも、そんときの奴はそんな雰囲気でもなかったってことなんだな？　明らかに探っていると」

「そうですそうです。そのうちにですね、ワタシが見ていることに気づいていなくて、塀があるから敷地内には入ってこないですけど、なんとかして奥の部屋を探ろうとしたりするんですよ。もちろん周りに気を配りながら」

「男か」

勘一が訊くと、ぶるん、と、玲井奈ちゃん首を横に振りました。

「女性です」

女の方ですか。

「年の頃は？」

「たぶん、三十代だと思います。それが二日前だったんです。そしてこれは今日の朝に、出勤前の夏樹が気づいたんですけど、ほら通りの向こうに病院があるじゃないですか。四階建ての」

「あるな」

個人病院ですよね。入院設備もあります。

「あそこ、友達が入院したことあって知ってるんですけど屋上に上れるんです。普通のお見舞いの人でも簡単に。そこから双眼鏡でうちを見ていた男がいたって」

「本当か」

勘一が顔を顰めましたよ。

「間違いないそうです。玄関を出たときに何気なく向こうを眺めたら屋上に人がいてこっちを見てるって気がついて、そして夏樹はすごく眼がいいんですよね。あれは双眼鏡で見てるんじゃないかと思って、夏樹も双眼鏡は持っているので、見返したら間違いなくこっちを見ていたって」

「それも女性だったの？」

「いえ、それはスーツ姿の、若いか中年かはわかんなかったみたいですけど、とにかく男だったって」

うーん、と勘一も藤島さんもすずみさんも、祐円さんまで首を捻りましたね。

「何だよ。ストーカーってやつか？」

「少なくとも女性の方は、そんな感じじゃなかったと思うんですよね。や、ワタシのことだから何かとんでもない勘違いをしているかもしれないんですけど」

そんなことはないですよきっと。玲井奈ちゃんは、初めて会ったときから聡明な女の子でしたよ。少々いじけて世間を斜めに見てしまっていた時期はありましたけど、今は本当に素敵なお母さんです。

藤島さんも頷きました。

「玲井奈ちゃんの感覚は信用できますよ。だからこそ僕は堀田さんから管理人にと言われたときに、一も二もなく賛成したんです。ただご近所だからって採用したわけじゃありません」

そうですよね。お仕事なんですから、藤島さんのそういう感覚こそ信用できますよ。

「じゃあ、やっぱり〈藤島ハウス〉を探っていたってことか。その二人が」

「そういうこったな」

「それはもう」

すずみさんです。

「確認はできないですけど、中を探るっていうのは、考えられるのは池沢さん目的しかないですよね。まさか空き巣に入ろうと思ってやっているわけじゃないでしょうし」

「藤島はどうだ？」

祐円さんです。

「でかい会社の社長さんで、金を貯め込んでいるからその家に忍び込もうっていう下見って線はないのか」

「いえ、それはないでしょう。僕の自宅は向こうのマンションです。こっちにも住んでいることを知っているのは本当にごく一部の人間ですし、女性と男性が別々に下見をするっていうのも、空き巣狙いとは思えません」

うん、と、勘一が頷きます。

「もしも中を探ってんなら、探られるような人は池沢さんしかいねぇよな。まさか研人のファンでもあるめぇ」

「研人ならこっちに来るだろ普通」

そうですね。もちろん研人はミュージシャン活動をする中で住所などは公表していませんが、研人が我南人の孫であることはよく知られています。

そして我南人が古本屋の〈東京バンドワゴン〉にいることは、ファンなら誰でも知っていますからね。

「池沢さんがここに住んでいるのは誰も知らないはずですし、そもそも池沢さんをそんなふうに捜す目的がわかりませんけれどね」

藤島さんもそう言います。

「今、池沢さんは？」

「外出しています。どこへ行ったかはわかんないですけど、でも夜には〈はる〉さんにいますよね」

そうですね。小料理居酒屋の〈はる〉さんで、開店少し前から真幸くんが眠りにつくまではベビーシッター。その後は少しの間〈はる〉さんのお手伝いをしていますから。

うむ、と勘一が腕組みしますね。

「とりあえず今のところは害はねぇみたいだからよ。今晩にでも〈はる〉さん行って池沢さんに訊いてみるか。心当たりがねぇかどうか」

そうした方がいいみたいですね。

「あれだ玲井奈ちゃん。もしも池沢さんがその前に部屋に帰ってきたら、その話をしてみてくれよ。それでこっちにも顔を出してくれって。店先でいいからよ」

「わかりました」

二

子供たちが餅つき大会へ出かけていって、家の中が静かになりましたね。

古本屋はいつものことですが、そういうふうに言ってしまえば暇です。そもそもそんなにお客様でごった返すような商売ではないですからね。

そしてカフェも亜美さんと青がいれば間に合うので、花陽と芽莉依ちゃんも餅つき大会へ出かけていきました。きっと皆の分のお餅も持ってきてくれますよ。研人の気配も感じませんので、芽莉依ちゃんたちと一緒に出かけましたか。部屋の大掃除の準備はできたんでしょうかね。藤島さんも、お餅つきを楽しんでくれているといいのですけど。

からん、と、土鈴が鳴りました。

古本屋に入ってこられたのは、中年の男性ですね。細身で紺色の年季の入ったピーコートですか。黒いジャケットに黒いハイネックセーターと、中々渋いセンスのある着こなしです。

細い銀縁の丸眼鏡を掛けたお顔にどこか知性的なものを感じますが、雰囲気は私立大学の先生みたいです。

「いらっしゃい」

勘一が声を掛けます。男性は大きな、どういう名称ですかね、あの図面を挟んで運ぶような大きな鞄を手に持っています。勘一を見て、どうも、というふうに頭を下げます。

「あの、すみません」

「はいよ。ご用がありますかね」

男性はおずおずといった感じで話しかけてきます。

「こちらは古本屋でしょうけど、あのこういったものの買い取りなどもしていただけるんでしょうか」

「何でしょうな」

男性が大きな鞄のボタンをパチンと外して広げます。

「おう、こいつぁ」

勘一がにやりと微笑みます。わたしも思わず頬が緩んでしまいました。

「懐かしいですなぁ。『大将』シリーズの映画ポスターですか」

「そうなんです」

男性も笑顔になりますね。わかってもらえて嬉しいという感じですか。

「いやこれは保存状態も素晴らしい」

勘一が顔を近づけて眺めます。

「四隅にピンを打った跡はありますが、なんてことはないですな。これはどちらかで購入されたもので？」

「いえ、実はもともとの私物でして。その他にも」

「あるんですな？」

勘一がゆっくり表の一枚をどかすと、今度は別の映画です。

「『浅草ものがたり』シリーズですな！　梅蔵さんが若いですなぁ。これもまた状態がいい」

もう亡くなられましたが、日本を代表する喜劇役者であった越野梅蔵さんの人気シリーズ『浅草ものがたり』ですよね。監督はもちろん日本を代表する田山監督です。確か全部で五十作近いシリーズでギネス記録なんですよね。

「どうでしょう。扱っていますか」

「もちろんで」

大きく頷きました。我が家は古本屋ですが、基本的には古物商です。古いものなら何でも扱えますし、買い取れます。そしてもちろん、専門ではないので数は少ないですけど、古い価値あるポスターなども扱っているんですよ。

「これは！　いや貴重な品だ。公開当時のチラシもありますな」

「はい、パンフレットもほとんど全部あって」

「こりゃあたくさんだ。かなりのマニアさんですな」

「いや、それほどでも。それで、買い取っていただけるとしたらどれぐらいになりますかね」

うむ、と勘一頷きます。

「正確なところをお望みで？　それとも大体の」

「できれば、正確に。もし買い取っていただけるのならば、このままお願いしたいのですが」

「わかりやした。お時間は大丈夫で？」

「大丈夫です」

「承知しました。どうぞ、何でしたら隣にカフェがありますんでそちらでお待ちを。お代はサービスしておきますぜ」

「あぁいや、ここでいいです。他の本を見ていますので」

勘一頷いて、青を呼びます。

「おい青！」

青がカフェから顔を出します。

「こいつを見てくれ。かなりの掘り出し物があるぜ」

青が小さく、わお！　と言いましたね。こういう映画関係、そして漫画などサブカルチャーと呼ばれるものなら青ですよね。

「これはすごい。ちょっとすみません。物が大きいので、中に持っていって広げて確認してもいいでしょうか？　ここです。そこからも見えますので」

青が居間を指差しました。男性の方、大きく頷きます。

「どうぞどうぞ。あの、もし上がっても良いのなら、それぞれ説明することもできますけど」

「あぁ願ったり叶ったりです。どうぞ上がってください。散らかっていますけど」

青が鞄をそっと持ち上げてそのまま居間に入っていきます。男性の方も後に続きましたね。勘一が亜美さんにお茶でも出してくれ、と言いましたが、かずみちゃんが台所にいましたね。お願いします。

青が一枚一枚ポスターを畳に広げて確認しています。ほとんどが『浅草ものがたり』ですが、他にも日本の名画のものがたくさんあります。男性の方が入手した時期や、保管してあった場所などかなり詳しく説明してくれています。

「あの、間違っていたらすみません」

男性が青に言います。

「ひょっとして、堀田青さんでは？」

青が、にっこりと微笑みます。

「実はそうです。ご存じでしたか？」

「いや、最初に見たときにそうではないかと思ったんですが」

青は一応映画にも出た俳優です。そしてこの方、これらの品物を考えれば、間違いなく日本映画にお詳しい方ですよね。雰囲気もどこか関係者という感じがします。そうでなければこれだけのものは集められないでしょう。でしたら青のことを知っていても全然おかしくありません。

「やはりそうでしたか。ではこちらが堀田青さんと、我南人さんの生家だったのですね」

どこか感慨深げな様子で男性の方、居間を見回しました。我南人のことも知っていたのですね。

*

夜になりました。

〈東京バンドワゴン〉の前を道なりに左手に歩いていくと、三丁目の角の一軒左に小料理居酒屋〈はる〉さんがあります。十五坪ほどの小さな店なんですが、二階が住居にもなっていて、コウさんと真奈美さんが二人でやっています。

元々は真奈美さんのご両親である春美（はるみ）さんと勝明（かつあき）さんが、魚屋から小料理居酒屋に転業したお店だったんですが、もう春美さんも亡くなられました。真奈美さんは藍子の高校の後輩ですし、もちろん近所ですから紺や青とも幼馴染みといえる存在ですね。

腕のいい板前のコウさんは京都の一流料亭で花板候補にまでなった人です。縁があって池沢さんの紹介で〈はる〉さんにやってきて、そして真奈美さんと結ばれました。今は一人息子の真幸くんも三歳になりますよね。

結局池沢さんはあの後部屋には帰ってこないで、まっすぐに〈はる〉さんに行ったようでした。池沢さんも一応スマホを持っているんですけど、電話番号は我南人と青ぐらいしか知らないのではないのでしょうか。

急ぐ話でもないだろうと、古本屋を閉めて、晩ご飯を少し控え目にして、勘一と藤島さん、それに我南人が〈はる〉さんへ向かいました。ここに来れば美味しいものが食べられるのですから、晩ご飯でお腹一杯になってはもったいないのですよね。

「まいど」

勘一がのれんをくぐって戸を開け、カウンターの中に声を掛けました。

「いらっしゃい」

最近おかみさんとしての貫禄がついたのではないかと皆が言っている真奈美さんがにっこり笑って出迎えてくれます。

「藤島さん、お久しぶりです」

白衣姿のコウさんも笑顔です。電話しておいたので、ちゃんとカウンターに席が取ってあります。

コウさんは真奈美さんに似合うと言われて短い髪の毛を金髪にしたのですが、また色が変わったように思います。

我南人が気づいたようですね。真奈美さんにおしぼりを貰って顔を拭きながら言います。

「ねぇえ、コウちゃんぅ」

「はい」

「その髪の毛、まさか白髪(しらが)になったわけじゃないよねぇえ。銀髪ぅ？」

「おっ、そういやそうじゃねぇか」

コウさん、照れ臭そうに笑って頭に手を向けますが髪の毛は触りません。そこはさすが一流の板前ですね。

「慶子(けいこ)さんは上かい？」

真奈美さんが、うんと頷きます。

「もう少ししたら真幸も寝てくれると思うから」

皆が頷きます。慶子さんとは、池沢さんのことです。ここでは真奈美さんの親戚の慶子さんで通っています。向こうの席にお客様がいらっしゃいますからね。その名前で話をしなければいけません。

「はい、こちら香箱蟹(こうばこがに)に土佐酢をジュレにしたものをかけてみました。お好みで少し七味をかけてもいいかと」

まぁ蟹ですか。

「香箱蟹ってぇ？」

「北陸で捕れる雌のズワイガニですね」

　さすが美味しいものをたくさん食べている藤島さん。よくご存じですね。

「こいつは旨そうだ」

　本当に、いつもコウさんの料理は美味しそうです。わたしが生きているうちに来てくれていればと毎回思ってしまいます。

「勘一さん、お酒はお猪口(ちょこ)に一杯だけと藍子さんに厳命されていますからね」

　真奈美さんが言います。

「わかってるよ」

　大酒飲みではないですけれど、若い頃はよく飲んでいた勘一です。この頃は皆に酒を止められていますから不満たらたらですよね。でも真奈美さん、優しいので少し大ぶりのお猪口を出してくれました。

「酒も北陸のいいものです。これが中々旨いんでぜひ」

「おっそうかい」

　本当に少しですからね。我南人もですよ。三人で軽くお猪口を上げて一口飲みます。

　そのときに、我南人の iPhone が鳴りました。

　すぐに画面を見ます。どうやらＬＩＮＥですね。

「ちょっと行くねぇえ。あとは頼むよぉ」

「ボンか」

勘一が表情を引き締めます。我南人が頷きました。

「危篤だよぉ。何かあったらすぐに電話する」

言うが早いか我南人が出て行きます。

「気をつけてね！　焦らないで」

「わかったぁあ」

真奈美さんも心配そうに見送ります。もちろん真奈美さんもコウさんも、ボンさんのことはよく知っています。息子の麟太郎さんのことも。

「もう何度もでしょう？」

真奈美さんが少し唇を引き締めてから言います。

「そうだなぁ。俺が知ってるだけでも、こうっと」

指を折って数えました。

「五回かそこらは、危篤の連絡が入ったか」

コウさんも真奈美さんも、藤島さんも頷くだけで何も言えません。

「大変よね。麟太郎くん」

「花陽ちゃんも毎回行ってるんですよね？」

コウさんが訊きます。

「そうなんだよな」

勘一も、はぁあ、と、溜息をつきます。

「止められないさ。俺らみたいに、おっ死んでから顔を見に行けとは言えねぇだろう」

藤島さんも、そうですよね、と呟きます。ボンさんは、頑張っているんです。頑張っているボンさんのことをわたしたちはただ祈るしかありません。

とんとん、と、階段を下りる音が聞こえてきて、和服姿の池沢さんがやってきました。皆の様子を見て一瞬表情を曇らせました。

「何かありましたか勘一さん」

「いやいや」

勘一が手をひらひらさせます。

「ボンがな、危篤って連絡が入って今我南人の野郎が飛び出して行ったんだ。それでつい、な」

あぁ、と、池沢さん頷きます。

「そうでしたか」

池沢さんも、我南人との付き合いがあったのですから、当然ボンさんのことも昔から知っています。

「花陽ちゃん、辛いですね」

「まぁ、これも人生さ。若いうちからこういうことを知ることができて、良かったとは言えねぇが、花陽も医者になるんだからいい経験だろう」

皆が、うん、と頷きます。そう思うしかないですね。

「いや、湿っぽい話をしに来たんじゃねぇんだよ。慶子さんよ」

「はい?」

「実はですね」

藤島さんが、昼間に玲井奈ちゃんから聞いた話を池沢さんに説明します。勘一は声が少し大きいので他のお客様に聞かれても困りますから。

「そんなことが」

池沢さん、右手の拳を少し胸に当てました。引退同然とはいっても本当に仕草のひとつひとつが絵になります。

「心当たりはあるんですか?」

真奈美さんも眉間に皺を寄せながら訊きました。池沢さん首を少し捻ります。

「私があそこに住んでいることは、皆さんの他には誰にも教えていないんです。でも」

「でも?」

「昔よくご一緒した俳優さんと、この間銀座でばったり会ったんです。脇役が多かったんですが、佐藤小次郎さんという方です。確か一ヶ月ぐらい前ですね」

佐藤小次郎さんですか。わたしはちょっとわかりませんが、勘一が、ぽん！　と手を打ちました。

「いたな。あの背の高い彫りの深い人だろう」

「そうです。本当にお久しぶりだったんですけど、そのときに、私の消息を捜している関係者がいるというような話は聞いたんですよ。その佐藤さんにも、今はどこにいるか聞いてないかと」

「誰なんですか、それは」

コウさんが訊きましたが、池沢さんはほんの少し首を傾げました。

「わからないんですよ。巡り巡った話らしくて誰が捜しているのか」

ふむ、と勘一腕を組みます。

「まぁしかしそういう話があるってことは、〈藤島ハウス〉に来たのもその関係の連中ってことか」

「そう考えるしかないですね。しかしどこであの家が知られたのか」

「青ちゃんじゃない？」

真奈美さんです。

「青ちゃんの映画の関係者って何人か〈東京バンドワゴン〉に来てるんでしょ？　その

ときにたまたま池沢さんが〈藤島ハウス〉に入っていくのを見て、あれあの人は、って可能性はなきにしもあらずでしょ？」

それは、確かにそうです。

「ありうる話ですね」

藤島さんが言います。

「映画関係者か」

勘一が唸りました。

「何かありましたか？」

「いや、今日の昼間にな。客が古い映画のポスターとかをたくさん持ち込んできてよ」

「へぇ、ポスターですか」

「そりゃあ状態のいいもんだったんで喜んで買い取ったんだが、偶然にしちゃあタイミングが良過ぎるかなと思ってよ」

そう言われればそうですね。

「でも、売りに来ただけでしょ？　探りに来たとしても売る意味がわからないし」

真奈美さんです。

「そりゃそうだ。考え過ぎかもしれねぇけどな」

少し何かを考えていた藤島さん、顔を上げて池沢さんに言います。

「うちの会社で警備員をつけましょうか？　もちろん私服で目立たないようにですが」

「とんでもないですよ藤島さん」

池沢さんが手を振ります。

「むしろ私がご迷惑を掛けているかもしれないんです。そんなことはしないでください。もちろん、何か被害が出るような場合であれば別ですけど。私は普通に生活しているだけで、極秘の隠遁生活をしているわけでもないですから」

確かにそうです。ごく普通に買い物をしたり出歩いたりしていますから。

「まぁそうですな。それに相手が映画関係者ってんなら、手荒なことにはならんでしょうしな」

「念のためにですが、しばらくの間、池沢さんが帰るときには家まで私が送っていきますよ」

コウさんが言います。そうですね。ほんの数分の距離ですけれど、女一人の夜道ですからね。そうしてもらった方がいいかもしれません。

ほんの一時間ぐらいで勘一と藤島さんは家に帰ってきたのですが、まだ我南人は戻っていませんでした。

居間で亜美さんとすずみさん、芽莉依ちゃんがテレビのニュースを観ながらお喋りしていたようですね。

紺と青はお風呂に入っているようです。

「研人も花陽と行ったのか？」

芽莉依ちゃんから聞いた勘一が、ほんの少し驚いて言いました。

「タクシーだけど、花陽ちゃん一人じゃダメだって、研人が言って」

亜美さんが頷きながら言います。

きっとそのときには紺も青もいたんでしょうけど、ボンさんにいちばん近いのは、同じミュージシャンの研人ですものね。勘一がちょっと口をへの字にしながらにやりとしましたね。

「研人もそんなこと言うようになったか」

「そうですね」

亜美さんも、ふふ、と、少し嬉しそうな笑顔を見せました。

「子供の成長って、本当にあっという間ですねおじいちゃん」

「おう、まったくだ」

うんうん、と頷きながらすずみさんが言います。

「私、花陽ちゃんと研人くんに初めて会ったときには、まだ小学生だったんですよ！

あ、芽莉依ちゃんもね。それが今はもう、大人ですよ。ちょっとあれな言い方ですけど、研人くんがさっき立ち上がったとき、カッコいい、って思っちゃいましたよ」

かっかっか、と勘一が笑います。

「ボンの野郎に言っとかねぇとな。曽孫を男にしてくれてありがとよってな」

表現は少し的外れでしょうけど、危機に立ち向かうときに人は強くなると言いますからね。

「あ」

芽莉依ちゃんの iPhone に何か連絡が入ってきたようです。

「研人くんです。ボンさん落ち着いたからこれから帰るそうです。麟太郎さんが車で送ってくれるから大丈夫って」

危篤状態を脱したようですね。皆が、ふぅ、と小さく溜息をつきました。

「まぁこれでとりあえず明後日からの大掃除も、正月の準備もな、心置きなくできそうだな」

「そうですね」

何もしないわけにはいきませんからね。いつも通りに過ごすのが肝心なのですよ。

「しかしまぁ、あれだ。わかってるとは思うが、いつ何が起きてもいいように心積もりだけはしておこうぜ」

はい、と、亜美さんもすずみさんも芽莉依ちゃんも、表情を引き締めて頷きます。

本当に、わたしたちは願うしかありません。

どうか、皆が安らかに過ごせますようにと。

三

昨年の大晦日から明けましておめでとうございますの元日まで、雲ひとつない青空に恵まれて、気温もこの時期にしては随分と暖かかったのですよ。

何やら不穏な気配をさせる人たちや、ボンさんの容態など心配事は多々あったのですが、本当にいつも通りに年越しの準備をして、大掃除も済ませ、お節料理も作って皆で揃って新年を迎えることができました。

堀田家は一月一日の初詣は欠かしたことがありません。

全員が晴れ着に着替えて出かけるのが習慣で、これは特に女性にとっては本当に楽しく嬉しいのですが、なかなかに大変なことでもあります。

紋付き袴姿になるのは勘一と我南人だけで、紺と青と研人はスーツです。正直、簡単ですよね。もちろん髪を整えなくてもいいし、お化粧も必要ありません。

我が家ではかずみちゃんも亜美さんも着付けができます。髪の毛を簡単にではありますが、整えることもできます。藍子もそれはできるのですが、いない人のことを言ってもしょうがないですよね。

そのうちに花陽も着付けを覚えたいと言ってはいますが、なんとなくそんな日は来ないような気もしますよ。覚えないうちにお医者様になってしまって、毎日患者さんを診るのに忙しくなるんじゃないでしょうか。

むしろ芽莉依ちゃんは覚えた方がいいかもしれません。将来は国際的な仕事をしたいという希望があるのですから、日本の伝統衣装である着物を着る機会だってきっと多くあるはずです。今度、紺を通じて覚えた方がいいよと言ってもらいましょうか。

花陽も芽莉依ちゃんも、そしてかんなちゃんも鈴花ちゃんも可愛らしいお振り袖を着ました。芽莉依ちゃんは実は着物を着ての初詣は初めてとかで、とても嬉しそうにしていました。

我が家にある着物は、ほとんどがわたしが残したものです。藍子も着てくれましたし、亜美さんもすずみさんも、そして花陽も着てくれました。今度はそれがかんなちゃん鈴花ちゃんに回っていきます。

自分が残した着物を家族の皆が順に着てくれるところを見られるなんて、死んでしまってはいるものの、本当に幸せだなと思うのですよ。

男性陣が着替えを済ませて居間でのんびりと待っているところに、毎年一緒に初詣に行くことになっている、コウさんに真奈美さんに一人息子の真幸くん。そして、池沢さんもやってきます。

池沢さんの着物には毎年溜息が出るのですが、今年もまた素晴らしかったのです。藤や木蓮などがあしらわれた加賀友禅でしたね。淡い紫の地色は素敵としか言い様がありませんでした。

祐円さんの神社である〈谷日神社〉へは普段ですと歩いて三分。でも今日は皆でのんびりと歩いていきます。周りには同じように初詣へ向かう人がちらほらといます。ご近所で顔馴染みの人たちがいれば、新年の挨拶がそこここで始まります。

本当にいつもお邪魔している祐円さんの神社。小さい頃の研人がここの木に登ったこともあります。そんな慣れ親しんでいるところですが、初詣の日はやはり空気が違うような気がします。

凛とした空気の中、御手洗で手を洗い、お賽銭を賽銭箱に入れて、鈴を鳴らして、二礼二拍手一礼。今年もよろしくお願いしますと、個人的なお願い事を心の中で皆が言ったはずです。

勘一はあれなんですよ。毎年願うことが決まっていて〈天下泰平〉なんです。立派な願いです。ただ、今年はまだ早いですけど、芽莉依ちゃんの合格祈願もしておいた方がいいでしょうね。

皆が願い事をしている中、ふと周りを見るとどなたかがこちらをうかがっているような気がしました。

あそこにいる男性ですね。明らかに我が家の皆を見ていますが、どなただったでしょうか。確かにどこかで見たような雰囲気があるのですが、サングラスに帽子で人相が隠れているのでわかりませんでした。気になりますね。

何もしないでただ身体も心も休めるお正月三が日が過ぎ、あっという間に新年の仕事始めの日が来ました。

仕事始めと言っても我が家では特に何かをするわけでもなく、それまで通りに始めます。カフェは大掃除ですっかりきれいになり、亜美さんと玲井奈ちゃんと花陽に青。そしてかんなちゃんと鈴花ちゃんに、小夜ちゃんもお手伝いしたいと可愛いエプロン姿になっています。

いっつもかんなちゃんと鈴花ちゃんがやっているのを見ていますから、それは自分もしてみたいと思いますよね。新年のスペシャルバージョンということでいいのではないでしょうか。

かずみちゃんが朝の家事を始める中、古本屋ではいつものように勘一が帳場にどっかと座り、すずみさんがお店の中を歩き回ります。

我南人も紺も、そして研人も今日はまだ家にいます。正月明けでそれほど予定がないのは確かなんでしょうが、特に我南人はできるだけボンさんのことで連絡が取れて動きやすいようにしているんでしょう。

開店早々です。祐円さんがいつものようにやってきて、軽口を叩いて皆と話して、じゃあな、と出ていったすぐ後でした。

古本屋のガラス戸が開いて、からん、と土鈴が鳴りました。

本当に開店してすぐの、新年のお客様第一号ですね。カフェにはもう何人ものお客様がいらしていますが、古本屋に新年早々こんなに早くお客様がいらっしゃるのはとても珍しいです。

厚手の灰色のコートに茶色のマフラー。黒縁の四角いフレームの眼鏡をかけていらっしゃいます。髪の毛は白髪交じりではあるもののふさふさとしていて、大柄で中々に恰幅の良い紳士です。

あらっ、この方は。

「おはようございます」

勘一がそう言って顔を上げたのですが、その顔が一瞬固まってしまいました。同じようにお客様を見たすずみさんもです。

老紳士のお客様、勘一の前にゆっくりと歩を進め、静かに頭を軽く下げました。

「早々にお邪魔します。こちらのご主人、堀田勘一さんでしょうか」

「ほい、手前が堀田勘一ですが」

勘一がまじまじとお客様を見つめます。

「ひょっとして、田山監督ですかい」

はい、と、にこりと微笑まれます。

「明けましておめでとうございます。映画の監督をしております、田山と申します」

「こりゃあどうもご丁寧に。明けましておめでとうございます」

勘一も少し腰を浮かして頭を下げます。

やはりそうですよね。数々の名作映画を撮ってきた、日本を代表する映画監督で、八十を越えて今もなお映画の第一線で新作を撮り続ける、田山久司（ひさし）監督ですよね。驚きました。

新年いちばんのお客様が田山監督とは。どうしてうちにやってきたのでしょうか。

田山監督、笑みを浮かべながら頭を巡らせ、少し店の様子を眺めます。

「以前に関係者から話を聞いたことはあったんですが、本当に素晴らしい風情のお店と、お宅ですね」

「いやなに、どうってことはねぇんですがね。ただまぁ古いってだけで皆さん珍しがって喜んでくれます」

勘一も笑顔で答えます。ひょっとしたら関係者というのは、以前に青の映画を撮った監督さんかもしれませんね。結局ここで映画は撮らなかったのですけど、うちを舞台にしようとしていましたから。

確か田山監督、勘一より二つ三つお若いだけですよね。うちの勘一もとても八十半ばを越えているとは思えないほど元気ですが、田山監督も実にお元気そうです。こうしている立ち姿にも、どこか覇気を感じますよね。

「監督、今日はどういったご用件で？　まさか店を見に来たわけでも、古本を買いに来たわけでもないでしょうな」

そう言いながら、勘一は監督の用事をもう察していますよね。

こくり、と監督頷きました。

「実は、お忙しいところを申し訳ないのですが、女優の池沢百合枝さんがこちらにお世話になっていて、堀田さんにお願いすれば会えるんじゃないかと聞きまして。こうして足を運んだ次第です」

そう言って、また頭を少し下げました。

すずみさんが聞きながら息を飲みました。ぐるりと後ろを回って、カフェの方に静かに入っていきましたね。青に知らせに行ったのでしょう。

やはり、池沢さんでしたか。それは納得です。

池沢さん、田山監督の代表作でもある『浅草ものがたり』にも、何本もマドンナ役で出ていますからね。

　勘一も、なるほど、と頷いています。

「そういうお話でしたか」

「はい。営業中に本当に申し訳ないのですが」

　勘一、少し考えましたが、にこりと微笑みました。

「天下の田山監督のために店をちょいと休んだってのは、孫子の代までの語り草になるってもんで。どういうふうになるかはまったく保証できませんが、まずは、お上がりください。汚いところですが」

「そうですね。立たせたままでは申し訳ないし、カフェでできる話でもありません。上がってもらいましょう。

「ありがとうございます。失礼します」

　監督が居間に上がろうとするところに、青がやってきて後ろから身体を支えるように立ちました。うちのここの敷居はちょっと高いのですよね。

　監督、青の顔を見ました。

「あぁ、堀田青くん」

「はい。初めまして」

「初めまして。映画拝見していますよ」

「ありがとうございます」

そうですか。たぶん青がいることを聞かされてはいただろうと推測できましたが、青の出た映画も観てくださっていたのですね。

田山監督がそのまま居間に入って、座卓につきました。我南人だけが残っていました。きっと紺と研人は話を聞いていて、池沢さんを呼びに行きましたね。今日はまだ部屋にいるでしょうか。青は我南人の横に座りましたね。

それにしても、やはり巨匠と呼ばれる方は、身体から滲(にじ)み出るものが、違います。比べるのはおかしいですが、ステージに立つ我南人のそれと比べてもまるで遜色のないものですよ。

「ご存じかもしれませんが、息子の我南人です」

「あぁこれはこれは。もちろんです」

「初めましてぇえ我南人です」

この男は本当に誰に対してもこうですね。勘一が研人と紺がいないのを確かめて言います。

「ここに至っては隠してもしょうがないでしょうな。今、池沢さんのところにうちの者が行ってます。帰ってくるまで少々お待ちを」

監督が頷きます。

「その間に、先にお詫びをしなきゃなりません」

「詫びとは？」

監督、ちょっと咳払いをしました。すずみさんがお茶を持ってきましたね。監督がお礼を言って、そのお茶を一口飲んでから続けました。

「後で話しますが、ある理由で私は、引退同然になって行方知れずの池沢百合枝さんを何としても捜してほしい、とスタッフにお願いしたのです。それがかなりあちこちに、広範囲に広がってしまいましてな。これは後で聞いたのですが、こちらにもお邪魔して探偵まがいのことまでしてしまったとか」

「探偵まがいですか」

監督頷きます。

「もしも気づかれていて、ご気分を害されていたら申し訳なかったんですが、お正月の初詣の日に、ようやく池沢さんがこちらにいることを確認できたとか。神社まで尾行をしたようです」

なるほど、と勘一頷きます。

「ひょっとしたら、あの映画のポスターを売りに来た人もスタッフさんなんですな？」

監督は頷きました。

「おそらく、プロデューサーの石橋です。たぶん、そうでしょう。あいつはそういうものをたくさん持っています。会社の倉庫にですが」

買い取りのときの本人確認で見たお名前も確か、石橋さんでしたよね。

あの方は、きっとあの日に家に上がって、青がいることから確信したんでしょうね。

それで、きっと初詣には家族揃って出ると予想して、池沢さんが間違いなくうちと暮らしを共にしていることを確かめたのでしょう。

研人が帰ってきました。すすす、と動いて勘一の横に膝立ちし、耳元で何事か告げました。勘一が、うん、と頷きます。

「監督。池沢さんが来るそうです」

「そうですか。ありがたい」

「支度をするので、少々お待ちくださいと」

わかりました、と頷いて、田山監督は研人を見ましたね。

「そちらはバンドをやっている我南人くんのお孫さんですね」

「おや、ご存じで」

研人が頭を下げて、知っているならこの場にいてもいいか、と我南人の横へ座りましたね。

「孫が音楽好きでしてね。我南人くんのも、そしてそのお孫さんのバンドもいいんだと聴かせてもらいました」

「そりゃありがたい話で」

からり、と、裏玄関が開く音が聞こえてきました。廊下を歩く衣擦れの音がして、和装の池沢さんが紺と一緒に縁側に姿を見せました。

「田山監督」

池沢さん、その場でゆっくりと膝をついてから座り、指をついて頭を下げます。

「ご無沙汰しておりました」

「百合枝くん。元気そうだな」

はい、と、池沢さん笑顔を見せて頷きます。

「監督もお元気そうで何よりです」

今度は亜美さんが池沢さんにお茶を持ってきました。もちろん二人とも、もう長い付き合いですけれど、表面上はお互いに恐縮しながら頭を下げ合って、顔で笑い合ってましたよね。

「実は、大事な話がしたくて君を捜したんだけどね。このまま皆さんにいてもらっても、大丈夫だろうね？」

田山監督が確認するように言うと、池沢さん、微笑んで頷きました。

「私がここにこうしていることでおわかりかと思いますが、何もかも承知の皆さんです。どうぞご遠慮なく」

「そうか」

監督も小さく頷きます。

「実は、君に映画に出てもらいたくて、出演依頼をしに来たんだ」

そうでしょうね。

「タイトルは『浅草ものがたり』だ」

「えっ！」

青と紺が思わず同時に声を上げましたね。わたしもですよ。勘一も、我南人も、そして池沢さんも驚いています。きょとんとしているのは研人だけですね。

驚きです。でも、あの名作シリーズは。

「でも、監督。あれは」

「そうだ、主演の梅蔵くんは死んでしまった。最後だと思って撮り始めた五十作目は未完に終わって、そのままだ」

そうですよね。主役が死んでしまった映画をどうやって撮るというのでしょう。

「もちろん、まだ脚本は完成していない。頭の中にはあるんだが、これは肝心の俳優たちが出演オッケーをしてくれないと、完成させられない脚本なんだ。それがつまり、梅蔵が出会って恋に落ちたマドンナ役の一人であった君と」

田山監督が、青を見ました。

「その息子である、青くんだ」

我南人が、眼を丸くしました。池沢さんが、少しだけ眼を伏せるようにしました。もちろん勘一も全員が声にならない声を上げました。

「大筋は、こうだ。梅蔵は死んでしまったが、映画の中では生きている。どこかの旅の空の下にいる。そして、かつて梅蔵と恋に落ちたが別れたマドンナである池沢百合枝は、実は子供を身ごもっていた。もちろん梅蔵の子供だ。その子を産んで立派な息子に育て上げていた、その息子役を、青くんにオファーしたい」

これは、どういうことでしょう。

「田山監督、そいつぁ」

「勘一さん」

勘一に、池沢さんが言います。

「私から、お話しします」

ふーっ、と池沢さん息を吐きます。

「私が、我南人さんとお付き合いしていたとき。映画を撮っていました。まさに、田山監督の『浅草ものがたり　涙の乗車券』です。私が三回目のマドンナとして登場していた映画です」

頭の中で考えてみましたが、確かにそうかもしれません。

「その映画を撮る前に、妊娠したことがわかりました。もちろん、それが青さんです」

青を見ました。青も、頷きましたね。

「もちろん誰にも言えません。そして映画を降りるわけにもいきません。妊娠を隠しながら撮影するしかないと覚悟を決めました。でも、監督には隠せなかったんです」

「わかってしまったんですな？　田山監督には見抜かれたと」

「そうです」

監督も頷きました。映画監督のキャメラの眼は俳優を裸にするとは言いますが、本当にそうなのでしょうね。

「監督は、誰にも言わないが、相手の男は誰かと訊きました。私は、我南人さんだと教えました。それを教えなければこの映画が駄目になると思ったからです。私は降ろされ、映画自体がスケジュールの関係でお蔵入りになってしまう。それは当時はものすごい損失になるわけです」

わかります。『浅草ものがたり』はまさに日本映画のドル箱でした。あの当時は観ていない人はいないほどの人気だったのです。しかも一年に二作、必ずお盆とお正月に公開する映画だったのですから。

「監督は、相手が我南人さんだと知ると、わかったと。何も心配するなと言ってくれました。そして私の妊娠が誰にも知られないように、工夫しながら撮影を続けてくれたんです。予定していた衣装を変更したり、撮影スケジュールを変えたり。何もかも私とお腹の子のためにと」

きっと我南人も知らなかったのですね。

「田山監督のお蔭で、私は無事にマドンナ役を務め上げ、青さんも産むことができました。その後の私の母親としての醜態は、本当にお恥ずかしい話ですけれど」

池沢さんが唇を噛みしめました。

「もちろん、青さんが息子であることは監督には話していません。でも、青さんが映画俳優としてデビューしたときに、きっと田山監督にはわかってしまうだろうと思っていました」

「そうだったんだねぇえ」

まさかここであれは言わないでしょうね。やめてくださいね。

我南人は、田山監督に向かいました。

「ありがとうございました。大変なご迷惑をお掛けしました。お蔭さまでぇ、こうして息子の青は立派に育っています」

頭を下げます。

青も、我南人と一緒に頭を下げました。

「私はそんなお礼を言われるようなことはしていない。ただ、映画を完成させたかっただけですよ。エゴですね。頭を上げてください」

しかし、と、続けて微笑みました。

「いい俳優を世に送り出すことができたのはよかったなと、喜んでいます」

「ありがとうございます」

青が、もう一度今度は笑って頭を下げました。

「それじゃあ、監督ぅ」

我南人です。

「池沢さんと青をぉ、親子役で共演させたいっていうのはつまり、はっきりさせた方がいいってことですか？」

田山監督は頷きます。

「私自身の最後の映画を撮りたいと思ったときに、百合枝くんが浮かんできた。私はね、女優の池沢百合枝に惚れ込んでいるんだ。あの池沢百合枝が、このままうやむやのまま引退するなんて、監督としても悲し過ぎる。何としても、それが最後になったとしても池沢百合枝の映画を撮りたい。そしてその映画は『浅草ものがたり』だと思った。そのときに、青くんの顔が浮かんできた」

監督は、池沢さんと青を見ます。

「百合枝くんが女優としての表舞台から消えようとしているのには、少なからず青くんの存在が関わっているのだろうと思っていた。女優から一人の母親として生きようとしているのかもしれないと。それは容易に想像できた。しかし、それならばなおさら、はっきりと、親子として銀幕に立ってから、消えるべきではないかと思ったんだ」

「親子として」

青が、繰り返します。

「百合枝くんがこのまま引退してしまうのは、日本映画界の大きな損失だ。別に本当の親子だと名乗るわけじゃない。そんな必要はまったくないしやる意味がない。ただ、一緒にそこに立つんだよ。俳優として銀幕に。映画の中の親子として」

監督が、池沢さんを見据えました。

「それこそが、女優池沢百合枝の消え方ではないかと、ある意味、ファンに対しての、映画そのものに対しての責任の取り方ではないかと、私は思った」

ふぅ、と、息を吐きます。そして、監督は微笑みました。

「もちろん、これも私の映画監督としてのエゴですが」

なるほど、と、勘一が深く深く頷きました。

これは、わたしたちは何も言えません。勘一もただ、池沢さんと青を見ただけで腕を組んで黙り込みました。

我南人もですね。

しばらく、誰も何も言いませんでした。

「ありがとうございます」

池沢さんが、ゆっくりと言って頭を下げました。

それから、青を見ました。

「女優の池沢百合枝として、俳優の堀田青に話しかけてもいい？」

青が、顔を引き締めます。

「どうぞ」

池沢さんが微笑み、そして青に向かって言いました。

「私は、田山監督の映画で、『浅草ものがたり』に出て、正式に女優から引退することを公表しようと思います。その映画での息子役として、あなたは本当に魅力的な俳優だと思うの。一緒に出てくれないかしら」

「出ます」

間髪を容れずとはこのことですね。田山監督まで思わず身を乗り出しそうになりましたよ。

「青、おめぇ受けるにしても余韻ってもんがあるだろうよ」

勘一が言います。

「だって、俳優として聞いてくれって言うからさ。だったら大女優の池沢百合枝と共演できる機会を逃すバカはいないでしょう」

「それは確かにそうだねぇえ」

皆が笑いました。

青がふと思いついたように言います。

「田山監督」

「なんだい」

「マドンナ役の息子が僕なら、当然マドンナの池沢さんには孫がいてもおかしくはないですね？」

もちろんだね、と、監督が頷きました。

「じゃあ、孫娘が二人いる設定ってどうでしょうか？　それで、うちの娘たちを双子ってことで使ってくれないですか」

娘たちって。鈴花ちゃんとかんなちゃんですか。何を言い出すんでしょうかこの子は。

監督が微笑みました。

「いや、当然孫を出すことも考えていたよ。もちろん端役（はやく）でセリフもない役だろうから素人の子でもまったく構わないし、池沢百合枝と君の血を引く本物の孫なら大歓迎だね。ひょっとしたら将来有望かもしれないし。芸能界にデビューさせたいのかな」

「いえ」

青が苦笑しました。

「僕は、その映画の先に俳優を続ける気はありません。きっと古本屋の旦那として地道に生きていきます。だから稼げるときには稼いでおかないと女の子はいろいろ物入りですし。少しでもギャラは貰えた方がいいので」

なるほど、と、監督も苦笑して頷きました。

冗談交じりに青は言いましたけど、きっとそれは池沢さんと本当の孫である鈴花ちゃんとの間の、絆(きずな)みたいなものを深めるためにと思ったのでしょう。

*

夜になりました。

いつものように皆で揃ってご飯を食べていたのですが、もう大騒ぎです。

あの田山監督が我が家に来て、そして池沢さんが正式に引退宣言をするために、最後の映画に出ることを決めて、しかも青と親子役で出るのです。

さらには、ほぼエキストラと変わらないとはいっても、かんなちゃんと鈴花ちゃんも双子の役で出ることがほとんど決まったのです。

皆が興奮していました。きっとよくわかっていないかんなちゃん鈴花ちゃんまで、よくわからないけど張り切っていましたね。

「失敗したねぇえ」

「何がだよ」

我南人が言います。

「僕と研人がぁ、主題歌を歌えないかなってお願いするべきだったねぇ田山監督にぃあの場でぇ」

「あ、それやりたい。ってかオレ田山監督の映画観たことないけど」

「さすがの僕もぉ、あの場の雰囲気に押されちゃってすっかり忘れていたねぇ」

そうなっても仕方ない雰囲気でしたよ。

「あれ？　花陽はどこ行った？」

「花陽ちゃん、デートですよ。今日は麟太郎さんお休みだから一緒にご飯食べてくるって」

デートと言っても、食事をするとき以外はボンさんの病室でしょうけどね。近頃のデートはいつもそのはずですから。

そのときです。

我南人の iPhone が鳴りました。

すぐさま取って、画面を見た我南人の表情が変わりました。

それを見た紺が、そして亜美さんが少し腰を浮かせました。わたしはたまたま我南人の近くにいて画面が見えたのですが、そこに〈花陽〉の名前がありました。

　花陽からの電話です。

　花陽は、食事をした後は間違いなく、麟太郎さんと一緒にボンさんの病室に行っているはずなのですが。

「もしもしぃ」

　我南人が電話に出ました。その様子に、もう勘一も紺も立ち上がりました。皆のただならぬ雰囲気に、かんなちゃんも鈴花ちゃんもご飯を食べる手を止めて我南人を見ています。亜美さんとすずみさんが、不安そうな表情を見せた二人に、優しく声を掛けていました。

　我南人が、皆の顔を見回しました。

「うん」

　静かに頷きました。

「そうかぁ」

　深い、深い溜息を我南人がつきます。研人が箸を置き、眼を閉じて顔を天井に向けました。悔しそうに顔を顰めます。

「わかったよぉお。すぐに行くからねぇ。麟太郎と一緒にいてねぇ。鳥とジローにはぁ僕から連絡するよぉ。じゃあねぇ」

少し俯き加減になりながら電話を切った我南人が、すぐに勘一を見ます。

「親父ぃ」

「おう」

「ボンが、逝っちゃったよぉ」

勘一も、小さく頷きながら大きく溜息をつきました。

「そうか」

そうか、と、繰り返します。

「突然だったけどぉ、静かに静かに、眠るようにだったってさぁ。皆に連絡する時間もなかったってぇ」

「そこにいたの？　麟太郎くんと花陽は」

青が訊くと、我南人が頷きます。

「そうだってさぁ。二人で一緒に看取れたのは良かったねぇ」

そうだな、と、勘一も頷きながら、頭に手をやり、それから擦るように撫でます。

「ボンさん、しんじゃったの？」

かんなちゃんが、淋しそうな表情で言います。鈴花ちゃんも同じようにして勘一を見ました。かずみちゃんが二人の頭を優しく撫でました。勘一が、静かに微笑みながら頷きます。

「そうだ。ボンおじさん、逝っちまった。後でな、お別れを言いに行こうな」

我南人が画面をいじって、連絡をしています。鳥さんと、ジローさんにですね。悲しい、辛い連絡ですね。

勘一がそれを見ながら、唇をへの字にしてから言います。

「とりあえず、俺と我南人はすぐに病院に行くとして」

「僕も行くよ」

紺が言いました。

「麟太郎くんとは、後のことをいろいろ話していたんだ」

そうですね。今ではボンさんの家族は麟太郎さんだけです。紺は父親同士が親友ということで、麟太郎さんとは随分親しく接していました。

「それから、大勢で病院に駆けつけるのもあれだけど、花陽が向こうにいるから芽莉依ちゃん、いいかな？　一緒に行って、花陽のそばにいてくれるかい？」

「はい。行きます！」

大きく頷いてすぐに立ち上がりました。もうずっと一緒の部屋で暮らしている芽莉依ちゃんが、今は花陽のいちばんの仲良しですからね。勘一も、そうだな、と頷きます。

「研人も、皆も駆けつけたいところだろうが、まずはボンを連れて行くところが決まってからだな。連絡するから待っててくれや」

亜美さんとすずみさんが頷きます。

「そうですね。今夜のうちに皆の喪服の準備をしておきますから」

「頼むな。葬儀が決まったらその日は、どっちも休みだ。準備しておいてくれや」

それがいいですね。

「よし、行くぞ我南人。ボンが待ってる」

「うん」

我南人の肩を、勘一が優しく叩きました。

花陽はどうしているでしょうか。わたしは一足先に病室に向かいます。

いました。病室の中ではなく、廊下にある椅子に麟太郎さんと花陽が並んで座っています。病室の中では看護師さんたちが動いています。繋がれていた医療機器が外されていきます。これから、ボンさんの身体をきちんと送れるように看護師さんたちがケアをしてくれるのですよね。

その間は、たとえ身内といえどもこうやって待っているのです。わたしも何度かこういう場面に立ち会いました。家族を持った身なら、誰もが一度は経験することかもしれません。

花陽が、眼を真っ赤にしています。ハンカチを握りしめています。泣いたのでしょうね。花陽にとってボンさんは、恋人になった麟太郎さんのお父様というだけの存在ではありません。

尊敬する大好きな祖父の我南人とずっと一緒に音楽をやってきて、花陽のことをいつも可愛がってくれた、大好きなおじさんでした。ボンさんは花陽が生まれたときから知っていて、まだ赤ちゃんの花陽を抱っこしてくれたことだってあるのです。鳥さんも、ジローさんも同じです。

その人が、逝ってしまったのです。

麟太郎さんが、花陽の手を取って握っています。

「父さんがさ」

小さな声で、麟太郎さんが話します。

「いつだったかな。僕が小学生だった。たぶん花陽ちゃんがまだ赤ちゃんの頃だと思うけど、言ってたんだ」

花陽が、麟太郎さんを見ます。

「我南人を知ってるだろ？　って。そして我南人の孫の女の子がめっちゃ可愛いんだって、ニコニコして言うんだ」

「そうなの？」

花陽も少しだけ笑みを浮かべましたね。

「今度会いに連れてってやるって何度も言ってたんだけど、連れて行ってくれたのはつい最近になってからだった」

二人で小さく笑い合います。

そうですね。たぶん花陽も名前は何度かは聞いていたでしょうけど、ちゃんと会ったのは花陽が大学受験のときでしたね。

「その話をこの間、意識があるときに言ったらさ。ニヤッと笑って、そのタイミングだから良かったんだぞって。こうなったんだぞって。俺のグッジョブだって親指立ててた」

花陽が小さく頷いて麟太郎さんの肩にそっと頭を載せました。

本当にそれは、ボンさん、グッジョブでしたよ。

わたしが保証します。

この二人は、一生添い遂げますよ。

あなたの思い出を胸に、幸せな人生を送っていきます。

エレベーターが止まる音がして、そして廊下を急いで歩く足音が聞こえてきました。

花陽も麟太郎さんも気がつきましたね。

廊下の向こうに、我南人と勘一と紺、そして芽莉依ちゃんの姿が見えました。芽莉依ちゃんが駆け寄るようにして花陽に向かっていきます。

「花陽ちゃん」

「芽莉依ちゃん」

二人がお互いの身体を軽く抱き合います。我南人が、麟太郎さんの肩をぐいっと引き寄せます。麟太郎さんが、唇を引き締め、何度も頷きました。

「ボンは、中かなぁ」

「そうです。もうすぐ終わると思いますけど」

紺も麟太郎さんの肩に手をやります。勘一が、花陽の頭に手をやっていますね。花陽も、何度も大丈夫、と頷いています。

「どうぞ、お入りください」

看護師さんが病室から出てきて、小さく頭を下げました。

「お身内の方は」

「はい」

麟太郎さんが頷きます。

「この後のお話をさせていただきますが、よろしいでしょうか」

「あ、じゃあ僕も一緒に」

紺が軽く手を上げました。

「頼むぜ」

勘一が言い、我南人と一緒に病室へ入っていきました。ベッドの上に、ボンさんがいます。

あぁ、静かないいお顔です。我南人が、そっとボンさんの額に手をやりました。

「ボン」

声が震えます。何か言おうとしたのでしょうけど、その後が、唇が震えて声になって出てきません。

我南人は、もう還暦を過ぎたわたしの息子です。

大人になったわたしの息子が肩を震わせ、その瞳から涙を流すのを見るのは、これで二度目です。

最愛の妻であった秋実さんを亡くしたとき以来です。

「お疲れだったな。ボン」

勘一が我南人の背中を叩き、それからボンさんに向かって、優しくそう言いました。

「ありがとうな。ボンのお蔭で、楽しく過ごさせてもらったぜ」

その通りです。

「ボン」

我南人です。大きく息を吸い、しゃくり上げます。

「向こうでぇ、秋実と会えたかいぃ？　二人で待っててよねぇぇ。まだもうちょっと頑張るからさぁあ」

足音が聞こえてきました。

きっと鳥さんと、ジローさんですね。

我南人が音楽を始めた若い頃から、ずっと一緒にやってきた大切な仲間が、天に召されていきました。

〈LOVE TIMER〉のドラムス担当。ボンさんこと、東健之介さんがお亡くなりになったのです。

力強くかつ正確無比なドラムは、本当の意味で〈LOVE TIMER〉の背骨そのものでした。

昔の話ですが、〈LOVE TIMER〉のマネージャーをやったこともあるわたしはよく知っています。バンドの中で引き抜きの話がいちばん多く来たのは、実はボンさんだったのですよ。

それほどに、ミュージシャンとして、ドラマーとして才能豊かな人でした。

おやすみなさい。ボンさん。

いつかわたしがそちらに行くときが来たのなら、またその力強いドラムを聴かせてくだいな。

我南人の背中をずっと支えてきた、そのドラムを。

紺が仏間にやってきましたね。蠟燭とお線香に火を点けて、おりんをちりんと鳴らして手を合わせます。お話しできますかね。

＊

「ばあちゃん」

「はい、お疲れ様でした」

「ボンさん、自宅に帰った。葬儀は身内だけでやるってさ」

「そうかい。あの人は親族の縁が薄い人だったけど、どうなんだろうね」

「うちの皆にも来てほしいって麟太郎くんは言ってるよ」

「他の皆でお別れはしないのかい？」

「後で、仲間を集めて音楽葬をするって親父が言ってたよ。研人たちにもそこで演奏させるって」

「それがいいね。たくさんの音楽仲間が集まるだろうね」

「ボンさんは皆に好かれていたから。そう言ったら怒られるけど、〈LOVE TIMER〉の中ではいちばんの人格者だったよね」

「そうだね。なんたってあの我南人をずっと支えてくれたんだからね。人格者じゃなければやってられなかったでしょう」

「そうだね」

「花陽も、大丈夫だとは思うけれど、しばらくはきちんと見てやるんだよ。母親の藍子がいないんだからね。叔父のお前が見てやらないと」

「わかってる。大丈夫だよ。しかしまぁ、池沢さんが青と一緒に最後の映画を撮るって決めたその日にね」

「巡り合わせだね。そうやって命は巡っていくんだよ」

「本当だね。あれ、終わったかな？」

紺が少し微笑んで、またおりんを鳴らして手を合わせてくれます。はい、おやすみなさい。

しばらくはバタバタするでしょうけど、皆で頑張ってくださいね。

悲しい別れも、嬉しい出会いも、巡ってくる晴れの舞台も、人生には本当にいろいろな出来事が待っています。それはどんな環境で暮らす人の上にもやってくるものですよね。

学校で同じクラスになっても、ほとんど言葉を交わさずに学校を卒業したとしても、その出会いがまた長い人生のどこかで結びつき、あのときの縁だったと感じ入るということだってあるわけです。

　さよならだけが人生だ、という言葉があります。それは本当です。この世に別れを告げたこの身にはひしひしとそれが感じられます。

　でも、さよならをするためには、出会わなければなりません。

　そして、さよならをきちんと告げられるような縁を結んできたからこそ、本当のさよならを言えるのです。

　出会いとさよならはいつも同じ数だけあります。そしてさよならをした後にもきちんと日々を過ごしていたのなら、また別の出会いが、縁がひとつ増えるはずです。

　涙は、悲しくても嬉しくても出てきますよね。それは別れも出会いも同じひとつの巡り合わせだからだと思います。

　他人と関わることが煩（わずら）わしいと感じたとしても、人は一人では生きていけない生き物です。

　泣いて、笑って、慰め合って、傷つけ合って、たくさんの出会いと別れを経験してこそ、心は強くなっていきます。

　強くなった心は、人生という長い道程（みちのり）を歩き続ける力を与えてくれるのですよ。

(春) 桜咲かすかその道の

一

春の風、というのはどうしてこんなにも柔らかく感じるのでしょうね。ほんの数週間前まで冷たく感じていた冬の風が、ある日に気がつくと冷たさは消えて、柔らかく頬を撫でるのですよね。

きっと気温差にするとそんなにも違わないのかもしれませんが、とげとげしさが消えてほの暖かく感じてきます。冬の間にすっかり色を失い殺風景になっていた庭にも、淡く薄い緑色の芽吹きがそこかしこに見え始め、春の訪れに心沸き立たせてくれます。

我が家が建つ前からここにあったのですから、古木であることは間違いない庭の桜の木は、今年も見事に花をつけてくれました。
伸びた枝が向こう三軒両隣にまで桜色の花びらを風に乗せて届けて、辺りを桜色に染めてくれるのです。

わたしや勘一が若い頃には、春になるとこの桜の木の下にゴザを敷き、お酒と肴(さかな)を用意して一緒に住んでいた皆やご近所の皆さんとで、よく花見をしたものです。

毎年のことですが、ご近所さんもちょっと外出したついでにと、この桜を見に庭に来てくれるのですよ。そして皆さん口を揃えて、これだけは枯らしてほしくないからお願いしますと言ってくれるのです。

本当に、そう思います。この桜の木は、我が家の隠れた宝物かもしれませんね。

桜の葉を集めて塩漬けにし、くるりと巻いた桜餅をよく作ったのですが、わたしがいなくなってからしばらく誰も作っていませんでした。何年前でしたかね、藍子がやってみようと言い出して、亜美さんすずみさん、そして花陽も手伝って美味しい桜餅を作りました。この間、花陽が芽莉依ちゃんと二人で、桜餅作りをかんなちゃん鈴花ちゃんに教えてあげようと言ってましたから、ぜひ続けてほしいですね。

そうです、春の三月三日は女の子の節句の雛祭り(ひなまつ)り。

我が家の雛祭りは随分と大事というか、まるでお雛様の行進のようになってしまうのが毎年のことなんです。

何せ我が家は女の子が多いのです。そしてほぼ、ですが、女の子の数だけお雛様の段飾りがあるのです。

まずもっていちばん古いのが、わたしが残した雛人形です。もちろん遠い遠い昔に父母に用意してもらったものなのですが、今や骨董品と言っても差し支えないでしょうね。

このお雛様は、我南人と秋実さんの間に藍子が生まれる前からずっと飾ってきたものです。我南人の妻の秋実さんは今でいう児童養護施設の出身で、お雛様を持っていなかったものですから、わたしのものをすごく喜んでくれていたのですよ。この雛人形は、そのまま藍子から花陽へと渡されました。

そして、亜美さんが紺のところにお嫁さんに来てくれたときに脇坂家から持ってきたもの、すずみさんがお嫁に来たときに持ってきたもの。さらにそうして、かんなちゃんと鈴花ちゃんそれぞれに用意したものがありました。亜美さんのものは会沢家の小夜ちゃんに譲ったのでひとつセットが減ったのですが、今度は、我が家に一緒に住んでいる芽莉依ちゃんのお雛様も預かったのです。

狭い家に相変わらず五つも雛人形のセットがあるのですよ。知らない人に話すと、どれだけ豪邸なのかと誤解されちゃいますよね。

一年で一日しかない雛祭りの日に、押し入れに仕舞われたままの人形は不憫だと数年前に話し合った結果、我南人の珍しく真っ当なアイデアが採用され、すべて飾ることになったのですよね。

紺と亜美さんの部屋にはかんなちゃんの、青とすずみさんの部屋には鈴花ちゃんの雛人形を。亜美さんのものはカフェに、すずみさんのものは古本屋に、わたしのものは〈藤島ハウス〉の藍子の部屋に飾ればいいと。これが皆さんに好評で、研人の同級生の女の子たちが、まるでツアーのように全部の部屋を回ったりもしたのです。その方式を今年も採用しましたが、引っ越しがあったので多少入れ替えがありました。

かんなちゃんと鈴花ちゃんの雛人形は、そのまま二人の部屋に二つ並べて置きました。すずみさんのものは古本屋に、わたしのものはカフェに、そして芽莉依ちゃんの雛人形は、花陽と芽莉依ちゃんが一緒に暮らす部屋に置くのは狭くて無理だったので、隣の研人の部屋に置くことになりました。研人は一瞬微妙な顔をしましたが、実はいちばん広い、元は藍子とマードックさんのアトリエに住んでいるのが研人ですからね。了解、と快く頷きました。

カフェではその時期だけ甘酒や、甘酒に合うお菓子などを特別に用意して、お客様には好評でした。

そんなふうに、まさしく桜色に染まる春の佳き日に、増谷裕太さんと真央さんの結婚式も我が家で執り行われました。

お二人の希望で我が家の居間と仏間の間の襖を取り外し、金屛風を立てて、白無垢姿になった真央さんと紋付き袴の裕太さんが並んで三三九度で夫婦の契りを交わしたのですよ。もちろん、お式を執り行ったのは祐円さんです。真央さん、本当に綺麗でしたよ。コウさんが作った料理も運ばれて、皆で若い夫婦の誕生を祝い、幸せを願った一日でした。

　そうして、この春は、かんなちゃんと鈴花ちゃんの小学校入学です。

　お父さんお母さんである紺と亜美さん、青とすずみさんの喜びはもちろんですが、いちばん喜んでいるのが、勘一を始めとする祖父母のみんなですよ。いえ、勘一は曽祖父ですけれど。

　随分前から、かんなちゃんの勉強机は亜美さんのお父さんお母さんである脇坂さんご夫妻が購入し、鈴花ちゃんの勉強机は、青の産みの親でありおばあちゃんの池沢さんが買うことに決めてありました。

　それぞれに日を選んで、近くのインテリアセンターに行ってかんなちゃん鈴花ちゃんが自分で決めてきたのですよ。

　どんなすごいものを、と、親たちはひやひやしていたのですが、かんなちゃんも鈴花ちゃんもとてもオーソドックスでシンプルなものを選びました。脇坂さんなどはこっちの本棚もついた豪華なやつは、なんて勧めたのですが、かんなちゃんは本棚はお店にいっぱいあるから大丈夫だと。ごもっともですね。絵本も図鑑も、古本屋にいけば山ほどあってそこから持っていって読めばいいのです。

　古本屋の子供たちが全員読書好きになるとは限りませんが、少なくとも本を読むことがあたりまえにはなりますね。研人なども最近はそんなに読書をしているわけではないですけれど、何かの折りにはまるで空気を吸うように本を手に取ってページをめくります。

二階の一部屋に二人で一緒の部屋を持ったかんなちゃん鈴花ちゃん。

勉強机の他には、昔に花陽と研人が使っていた二段ベッドを取り付けました。これは実にしっかりしたベッドで、もうかれこれ十年以上経っているのですが、どこも軋んだりしていません。

上と下、どちらで寝るかが二段ベッドを使う人の間では永遠の課題になるでしょうけど、かんなちゃん鈴花ちゃんの場合は、毎日交代にしたそうです。

本当にそんな面倒くさいことをするのかと皆が思いましたが、小さい頃から寝るときに皆の部屋を渡り歩いていた二人ですから、どうってことはなくて、それが二人にとっては普通なのかもしれません。なので、毎日どう入れ替わってもいいように、お布団も枕も全部お揃いのものにしましたよ。

藍子も紺も青も、そして花陽も研人も通った小学校に、かんなちゃん鈴花ちゃんは通います。

研人がいた頃の先生はまだいらっしゃるとのことなので、堀田研人の妹が二人も来たかと思われるかもしれませんね。

そんな春の四月。

堀田家の朝は変わらずに賑やかです。

朝一番に起き出して〈藤島ハウス〉からやってくるかずみちゃん、そして亜美さんとすずみさんも台所にやってきて朝ご飯の準備を始めます。

大人数の朝ご飯を作るのは大変ですけれど、ほとんどは前の日の夜に準備を終えちゃいますので、意外と時間は掛からないのです。

常に冷蔵庫に入れておくいわゆる常備菜なども、けっこうたくさんあります。晩ご飯に作るメインのおかずは、むしろ残るぐらいにたくさん作っておいて、朝ご飯に温めて出すというのもほぼ基本になっていますよね。

かんなちゃん鈴花ちゃんがベッドから下りる音が、この時間に下に響くようになりました。あれは間違いなく上の段から飛び降りているのですよね。一日置きに響きますから、飛び降りているのはきっとかんなちゃんです。

生まれてしばらくは双子のように似ていた二人ですが、今はもうはっきりとそれぞれの個性が顔にも行動にも表れています。

眼が真ん丸くて、勘が鋭くて元気で口も達者な行動力に溢(あふ)れたかんなちゃん。きりりとした目元涼しく、柔らかく含羞(はにか)むような笑みを浮かべ、かんなちゃんよりはちょっとばかり大人しい鈴花ちゃん。研人へのダイブも率先してやっているのはかんなちゃんですよね。

花陽も芽莉依ちゃんも朝ご飯の支度を手伝うために起きてきますが、学校が始まるとそれはもう学業優先です。家の手伝いで勉強がおろそかになってしまっては本末転倒というものです。

特に芽莉依ちゃんは、研人もですが、この春から高校三年生。しかも東大を受けるのです。研人は関係ないにしても、芽莉依ちゃんは受験生です。努力を怠るようなことはありませんし、成績優秀で合格はほぼ間違いないという芽莉依ちゃんですが、我が家も花陽のときのように全力で、芽莉依ちゃんの合格に向けて協力体制を敷きますよ。

研人がかんなちゃん鈴花ちゃんに連れられて起きてきて、勘一と我南人、そして紺と青も起きてきます。藤島さんは今日はいませんね。自宅のマンションで過ごしているのでしょう。

勘一が新聞を持ってきて上座に座り、その向かいで我南人がiPad（アイパッド）でニュースやらをチェックしているようです。毎朝やっているかんなちゃん鈴花ちゃんによる席決めですが、それは小学生になろうとも続くようですね。

「こんパパと、すずみママはここ」

「あおパパと、あみママはここ」

「けんとにぃと、めりいちゃんはここ」

「かずみちゃんはここで、かよちゃんはここね」

「かんなは、ここ」

「鈴花は、ここです」

「あ、今日はおおじいちゃんと、がなとじいちゃんをいれかえましょう」

「替えるのぉ？」

「そうか、どら」

決まったようで、男性陣がぞろぞろと席につきます。勘一と我南人も場所を入れ替えましたね。理由はわかりませんが、半年に一回ぐらい二人はこれをやりますね。

そしてどうして紺と亜美さん、青とすずみさん夫婦を別々にして座らせるのかもよくわかりませんが、二人はどっちのお父さんとお母さんもパパとママと呼んでいます。もう少し大きくなったらどういうふうに呼び方が変わるのか、楽しみですね。

今日の朝食は白いご飯ではなくパンになったようです。朝は和食が基本の我が家ですが、パンもときどき思い出したように出て来るのです。

ただ難点がありまして、たとえばホットプレートで焼くフレンチトーストのようなものならまだしも、トーストを人数分焼くことがいっぺんにはできないことです。まさかどこかの寮みたいにトースターを五台も六台も並べることもできません。

でも、一応、もう三十年も使っている古いのと、この間買い替えた新しいトースターとで二台はありますから、四人分はいっぺんに焼けます。

トースターを台所から座卓の上に移動させて、延長コードで繋いでスタンバイ。まだ全部のおかずが食卓に並ぶ前から、焼き始めます。

スクランブルエッグに、ボイルしたソーセージ。コーンとベーコンがたっぷり入ったジャーマンポテトに、昨晩作っておいた野菜がたくさんのミネストローネに牛乳。お腹の弱い人はホットミルクですね。野菜サラダとポテトサラダもたくさんです。

皆揃ったところで「いただきます」です。

「焼かなくてもいい人はー？」

「きゅうしょくも、パンが出てくるのかな？」

「研人、友達が来るって言ってたけど、いつ来るの？」

「あら、またこぼしちまった。ごめんなさいね」

「あ、私焼かなくていいです。サンドイッチにします」

「出てくるよ。パンもご飯もパスタも」

「屋根瓦の点検、そろそろ考えた方がいいよね」

「あーと、今度の日曜日かな」

「あれ、リンゴジャムが出てないね。いい私持ってくるから」

「パスタいいなー。まいにちパスタでも鈴花はへいき」

「おい、俺にも牛乳くれねぇか」

「そうだな。今年の冬は特に寒かったからなー。暑くなる前にやった方がいいな」

「はい、旦那さん牛乳です。お腹大丈夫ですか？」

「僕のトーストはまだかなぁあ」

「たくさん来るんでしょう？　ちゃんと手伝ってね」

「旦那さん！　どうしてミネストローネに牛乳入れるんですか!?」

「旨いぞ？　こういうのあるだろ？」

ひょっとしたらミルクベースのスープであるかもしれませんが、いきなりミネストローネに冷たい牛乳をどばどばと入れるのはどうなのですか。見た目は確かにそんなに悪くはありませんけれど。

「せめてレンジでチンしませんか？」

すずみさんが無理やり取り上げて台所に走っていきました。

「もう準備は万端整ってんだよな？」

勘一が言います。すずみさんがチンして持ってきたスープボウルを受け取りました。

どうでしょうかねお味の方は。

「もう完璧ですよ」

亜美さんが力強く頷きます。明後日の、かんなちゃん鈴花ちゃんの小学校入学式のことですね。経験ある方はお分かりでしょうけど、本当に小学校入学の準備っていろいろたくさんあるのですよね。

亜美さんは二回目ですけど、すずみさんは初めての経験。でも、しっかり教えてもらいながら持ち物の名前シール貼りとかを青と一緒にこなしていました。まぁ細かい作業は古本屋を営んでいるのだからどんどん来いですよ！　と、すずみさんは言ってました。確かに、古書の修復や古本の汚れ落としに値札付けと、紙類の細かい作業は日常の業務ですからね。

入学式には紺と亜美さん、そして青とすずみさんが当然出席します。もちろん勘一も紋付き袴を着て、出ます。脇坂さんご夫妻も孫の入学式は初めてなのでぜひにと言っていました。

さてそうなると、花陽も研人も芽莉依ちゃんも学校ですから、家にはかずみちゃんと我南人しかいません。玲井奈ちゃんが、娘の小夜ちゃんはひとつ上の二年生で、入学式には関係ないのでバイトはできると言ってくれまして、かずみちゃんと玲井奈ちゃんと我南人でカフェは回せないこともないのですが、古本屋が留守になります。ここは思い切って両方とも午後からの営業にしようと話していたのですよね。

「それなんだけどさ」

　青です。

「どうした」

「池沢さんにね、入学式に行かないかって訊いたんだよ」

　鈴花ちゃんのおばあちゃんですからね。出席してもおかしくありませんし、むしろ来ていただきたいです。

「そしたらさ。入学式なんだからちゃんとした格好をしなきゃならない。そうすると、池沢百合枝であることに気づく人が何人もいるだろうって」

　皆が、あぁ、と頷きましたね。

　池沢さんが正式に引退発表をして、最後の作品として田山監督の映画に出演することはもちろん大ニュースとして扱われました。

　映画の撮影も進んでいて、制作発表なども池沢さんが表に出て大々的に行われました。青も池沢さんの息子役として、本当の親子なんですからわたしたちにしてみるとややこしいのですけど、出演しています。かんなちゃん鈴花ちゃんも、セリフこそほとんどありませんが青と一緒に登場するのです。

　公開はまだですが、女優池沢百合枝は、この作品をもって名実ともに芸能界から引退したのです。もうカメラの前に立つことはありません。

今の池沢さんは雲隠れのようになっていた以前とは違い、正式に女優を引退した、一人の女性の池沢百合枝なのです。意外と皆さん知らないのですが、池沢さん本名なのですよ。

とはいえ、そのニュースを観た人たちにとっては、しばらく姿を見せていなかった池沢百合枝は大きく印象に残っていますよね。

「そういえばそうよね。〈はる〉さんではまさかこんなところにいるわけないって皆が思うし、お化粧もほとんどしていないけど」

亜美さんに続けてすずみさんが言います。

「ビシッと決めたらバレバレかもしれませんね。小学校のお父さんお母さんでも、年齢層の高い人はいるし、おじいちゃんおばあちゃんも来るだろうし」

池沢さんのことを昔から見てきた方もいらっしゃいますね。

「まぁ俺のことはさ、同じ小学校に通う子供がいるご近所の人は、よく知ってるんだから問題ないけど、そこに池沢さんがいるとわかったら、マズイ。共演したのは知ってるけどどうしてあの二人が入学式に、ってなるから行かないって言うんだよ」

池沢さんが青の母親であること、その相手が我南人であることはもちろん秘密です。知っているのはほとんど身内だけ。

もう池沢さんも我南人もスキャンダルでどうにかなるような年齢ではありませんが、

我が家には子供がまだたくさんいるのです。

特に、そういう関係で生まれた青、そしてその子供である鈴花ちゃんなどは隠し子発覚などとマスコミの格好の餌食になるかもしれません。いまのネット社会の怖さを若者たちはよく知っています。

そういう意味では、我南人の孫である花陽だってあぶないと皆が言いますね。花陽も池沢さんには関係ないとはいえ、我南人の娘である藍子が、奥さんのいる人との間に産んだ娘なのです。

身内が招いたこととはいえ、我が家はそういうスキャンダルのもとが多すぎますよね。

「それで、入学式で皆がいなくなるから、古本屋の留守番はどうでしょうって言うんだ」

「あぁ？」

勘一がちょっと驚きましたね。

「池沢さんがか？」

「そうなんだよ。以前から考えていたんだけど、言い出すきっかけもなかったしそんな立場じゃないのはわかってるけどってさ」

そんな立場じゃないなんてことはないですよね。

「いやぁむしろありがたいけどよ。あの人は古本屋の売り子さんなんか、まぁできるか」

　できますね。何でもできるでしょう。

「彼女はぁ、すっごい読書家だよおぉ。本の話だけならすずみちゃんと延々できるんじゃないかなぁあ」

「あ、そうですよね！」

　すずみさんです。

「相当以前ですけど、インタビュー記事で自宅の本棚とか写ってましたけどすごい本の量でしたよ」

　わたしもそう聞いていました。本の虫で、撮影現場でも時間が空いたときにはいつも本を手にしていると。

　青がちょっと息を吐きました。

「池沢さんさ、引退宣言して、ああやってけじめみたいのをつけたのに、いまだにうちには何かの用事で呼ばなきゃ上がってこないじゃん。ここは母さんの、秋実さんの家だってさ」

　皆がうん、と頷きました。そうなんですよね。青の産みの親ですが、我南人との関係でこの家の敷居を跨げる人間ではないと今も考えているのでしょう。

「でも、古本屋のアルバイトならどうでしょうかってさ」

「どうもこうもなぁ」

勘一がガシガシと頭を掻きます。

「許すも許さないもねぇんだがなぁ。我南人よ」

「僕が言うことじゃないねぇえ。彼女はさぁ青に許されても僕が言っても、自分自身で決めたことを最後まで守り通すと思ってるだけだろうからさぁ」

「守り通す、か」

勘一が苦笑いします。

「考えたらよぉ、我南人」

「なぁにぃ」

「おめぇの選んだ女は二人とも頑固者だよな」

「芯の通った女と言ってほしいねぇえ」

確かにそうかもしれません。もしも、本当にもしもの、言っても詮無いことなのですが、秋実さんと池沢さんはそんなことなしに出会っていたら、本当にいい友人になれたんじゃないかとわたしは思うんですよ。

朝ご飯が終わるとそれぞれに片付けと仕事の準備です。

大学はもう始まっているので花陽は急いで支度ですね。大学二年生になった花陽ですが、朝の支度に時間が掛かるようになってきましたよね。

まだ入学したばかりの頃は高校生と同じ気分で通っていたのかもしれませんが、身なりがすっかり大人っぽくなってきました。化粧にも時間が掛かりますよね。亜美さんにすずみさん、花陽に芽莉依ちゃんと、化粧水やボディクリームの話ひとつにしても随分と盛り上がって話していますからね。

カフェは亜美さんとすずみさんと青に、明後日からの小学校生活にわくわくしているかんなちゃん鈴花ちゃんがお手伝いします。

芽莉依ちゃんの高校ももう始まったので、〈藤島ハウス〉で制服に着替えてから一度戻ってきて「行ってきます！」と元気に飛び出していきます。

高校生で両親と離れて暮らすのを少し心配はしましたが、寮生活をしていると思えばなんてことはないですよね。ましてや大好きな研人と一緒に暮らしているんですから、芽莉依ちゃんにしてみると毎日が楽し過ぎるのかもしれません。

紺もいつものように座卓にノートパソコンを広げます。我南人も何やらiPadでずっとやっていますね。実はあれでも作曲とかできるのですよね。何か思いついてそのまま作業をしているのでしょうか。

研人の高校は明日からだとか。何かをしようとしているのか、ご飯が終わってもこっちでうろうろしていましたが、そこをちょうど亜美さんに呼ばれて言われて、勘一にお茶を持っていきましたね。

「はい、大じいちゃんお茶」

「おう、研人か。ありがとな」

そこに、ちょうど祐円さんが古本屋のガラス戸を開けて、やってきましたね。

「ほい、おはようさん」

「おはよう」

「祐円さんおはよう」

「なんだ研人。今朝はお前かい」

研人がにやりと笑います。

「今日は和ちゃんも芽莉依もいないよ」

何言ってやがる、と、祐円さん帳場の横に座ります。

「コーヒー？　お茶？」

「おう、今日は熱いお茶にするかな」

オッケー、と頷いて研人が台所に向かいました。研人だって台所仕事はできます。普段のおさんどんは女性陣ばかりがやっていますけれど、我が家の男性陣は皆家事をしますからね。紺や青の料理などは上手いものですよ。

「しかしよぉ、勘さん」

「なんでぇ」

祐円さん、台所の方向に眼をやって言います。

「もう芽莉依ちゃんが一緒に暮らして大分になるな」

「なるな」

「研人はすぐ隣の部屋で芽莉依ちゃんと一緒にいてよぉ、悶々としないもんかね？　高校生の健全な男子だぜ」

馬鹿野郎、と、いう感じで勘一の口が開こうとしたときに、研人がお茶を持って戻ってきました。

「聞こえてるよ祐円さん」

研人が顔を顰めました。

「聞こえててもいいけど、どうなんだいその辺は。婚約者なんだからどうにかなっても間違いとは勘一だって言えねぇぞ」

また勘一が口をぱかっと開けましたけど、むぅ、と一度黙りましたね。

「あのねぇ祐円さん」

「お？」

「オレは藍ちゃんに花陽ちゃんに母さんにすずみちゃんっていう女性に囲まれたこの家でずうっと育ってんの。そこにかずみちゃんやかんなも鈴花ちゃんも加わっているしさ。

下手したら大ばあちゃんだってばあちゃんだっているよ。玲井奈さんもだぜ。そこに芽莉依が加わったってね。どうだこうだって気には全然ならないんだよ」

今さらっと研人はわたしのことも言いましたね。勘一が大笑いして、祐円さんも確かにな、と頷きましたね。何だか気になる納得の仕方ですが、まぁいいでしょうか。

わかってはいましたが、やっぱり研人も女性に囲まれて育っているという自覚はあったのですね。

「まぁ家を離れたらそこは別だけどさ」

そう言ってニヤリと笑いましたが、祐円さんも勘一もただ、うむ、と頷きました。嫌ですよ男のそういう連帯感は。

「そんなのはどうでもよくてさ。大じいちゃん」

研人が、くるりと家の中を振り返りながら言います。

「なんでぇ」

「かずみちゃんなんだけどさ。なんか、ちょっとおかしくないかな」

「おかしいとは、なんだ」

かずみちゃんはさっき家事を終えて自分の部屋へ向かいましたかね。研人の眉間に皺が寄りました。そういう顔をすると、紺にそっくりですね。

「何か、ぶつぶつ言いながら歩いていることがあるんだよ。家の中を」

「ぶつぶつ?」

「ぶつぶつ?」

祐円さんと二人で同時に繰り返します。ぶつぶつ言いながら歩いているんですか。何でしょうか。わたしは気がつきませんでしたけど。

「それは、何を言ってるんだ?」

祐円さんです。

「わかんないよ聞こえないんだから。でも、確かに家の廊下を歩いているときとかさ、階段を下りながらとかさ、口の中でもごもごしてるんだよね。そういうのに何回か気づいたんだ」

そうなのですか。わたしはいつも家の中をうろうろしているのに、まったく気づきませんでした。かずみちゃんは家事が終わると〈藤島ハウス〉の自分の部屋にいることの方が多いですからね。

研人がそっと小声で言います。

「大じいちゃんや祐円さんの前でそう言うのもなんだけどさ、あれって老化ってもんじゃないのかな。悪い言い方をすると、惚(ぼ)け」

むぅ、と、勘一も祐円さんも顔を嫌そうに顰めましたね。確かに、二人ともに老化はしていますけれども。しているどころか、老人そのものですよね。

「まぁよ、確かに自分でそのつもりはなくても、心に思ったことがつい口に出てるなんていうじいさんばあさんはいるけどな」

「俺の死んだばあさんもそうだったよ。ずっとぶつぶつ言ってるから何を喋ってるのかって聞いてたらさ、その前に死んだじいさんと会話してたぜ。怖かったねぇありゃあ」

「何の話してんだよ。おめぇは神主だろうよ」

「神主に幽霊は関係ないし怖いんだよ」

「漫才かよ」

二人にツッコミを入れてから、とにかくさ、と、研人が続けます。

「何か心配でさ。最近は動きも前とは違ってのんびりしちゃってるしさ」

それはわたしも感じていました。けれども、年を取れば誰でもそうなるものですからね。勘一も腕を組んで考え込みました。

「まぁ近頃は何かと台所でちょんぼしたりもあったしな。気になっていたっていやぁそうなんだよな」

「でもよ、かずみだってもう七十七か？　八か？　そんなもんだろう。おばあちゃんなんだからさ」

「わかった。俺も今度は注意して見ておくからよ」

祐円さんもかずみちゃんがこの家に来た九歳のときからの付き合いですからね。

勘一が頷きます。研人は優しい男の子ですよね。今でこそミュージシャンになって、背も高くなって髪の毛なんか校則違反だと怒られるほどにくるくるの長髪という出で立ちになってしまっていますけれど、小さい頃の優しくて元気な男の子のままですよ。

「あれ!?」

突然、紺の声が響いてきましたね。何事かと研人も祐円さんも勘一も居間を覗き込みます。我南人もどうしたと顔を上げました。

「じいちゃん！　ちょっと来て！」

珍しくあの冷静な紺が慌てていますね。ノートパソコンの画面を見ながら、勘一を手招きしています。

「何だどうしたおい」

「何かおもしろいもんあったかぁ？」

皆で紺の周りに集まりました。紺がノートパソコンの画面を指差します。

「これさ、ばあちゃんの、〈五条辻〉家の蔵書印じゃないのかな」

「なにぃ？」

勘一が画面を覗き込みます。

これは、海外のサイトのようですね。細かい字なのでわたしはよく見えませんが、どうやら本のオークションサイトか、あるいは古書店か何かのサイトのようにも思えますが。

　勘一がじーっとそれを見つめます。

「ちょいと画像が小さいな。何とか拡大とかしてもっとはっきりできねぇのか」

「元の画像が小さいからね。これ以上拡大してもボケていくだけだし、それを鮮明にさせる技術は僕にはない。あの本は帳場の奥にあるよね。持ってくる」

　紺が立ち上がって帳場に行きます。奥には小さなガラス戸付きの本棚があって、そこには高価ではないものの大事な本などを置いてありますよね。紺がそこから一冊持って戻ってきます。

　また座って本を開きました。懐かしい、お父様の本の蔵書印ですね。それを画面に映ったものと見比べます。

　うーん、と勘一が唸って、我南人も研人も祐円さんも同じように唸りましたね。

「これはちょっと判断はムリじゃないの？　同じ四角い蔵書印だけどさぁ」

　研人です。

「でもぉ、確かにここの書体は同じに見えるねぇえ。〈条〉の字も確認できるしぃ」

「確かに〈五条辻〉の蔵書印のようにも見えるが、違う似た名字、たとえば〈三条原〉とかなんとかだと言われればそんな気もするがな。こりゃあ何のサイトなんだ？　何をしているところなんだ？」

「アメリカの古書店が、どっかから眠っていた大量の古書を見つけて持ってきたんだね。もちろんほとんどが洋書だけど日本語で書かれた本もあるらしい。で。その中に結構な数でこの蔵書印が捺(お)されている本がある、と。この人は日本語がもちろんわからないみたいだね」

「売りに出しているってことか?」

祐円さんが言います。

「どっかに引き取りに出しているのかな。これは古書マニアが集うフォーラムみたいなところだね。久し振りにアメリカの書店の蔵書をちょっとのぞいてみようと思っていたら、これに当たったんだ」

我南人がじっと見ています。

「ねぇ、親父ぃ。これはちょっと確認した方がいいんじゃないかなぁあ。前にも大騒ぎして結局手に入らなかったよねぇえ」

「そうだな」

あぁ、と、研人がポンと手を打ちました。

「あの〈山端(やまばた)文庫〉ってところだったよね。じいちゃんがライブやった。醍醐(だいご)教授だっけ、大じいちゃんが昔その人と揉(も)めてぶん殴って鼻を曲げたとかどうとかって話ね」

勘一が苦笑いして頷きます。研人はよく覚えていましたね。

「人聞きの悪いように覚えてんじゃねぇよ。元はと言やぁあいつがうちの蔵に泥棒に入ったのが悪いんだからよ。それを俺がぶん殴っただけの話よ」

「え、なにそれ。そこのところは聞いてない教えて」

研人が何故か嬉しそうな顔をしましたね。この子は勘一の武勇伝みたいなものを聞くのを小さい頃から喜んでいましたね。

勘一が苦笑いします。

「古本屋のことを研人に教えたって、どうせおめぇは我南人と同じで継ぐ気なんかさらさらないだろうに」

研人がちょっと表情を変えましたね。

「そんなことないよ」

「お？　あるのかよ？」

祐円さんが驚きましたね。

「いや違う違うよ。継ぐ気は今のところないけど、あの蔵でいっつも揉め事起きるじゃん」

「揉め事起こしに来るのは周りで、俺はただ守ってるだけなんだがな」

うん、と勘一が研人を見ます。

「おめぇ書誌学っててぇ学問を知ってるか？　大学でやるような学問だ」

「ぜんっぜん知らない」

「書誌学っていうのはな研人。その本がどのように作られて成立したかを、具体的に実証していく学問だ。書物の歴史カタログとかを作るようなものって思えばいいかな。だから研究するためには、その時代の文書や古書の数があればあるほどいい。わかるか」

紺が教えてあげると、研人も頷きます。

「理解はした」

「醍醐教授ってのはな。M大学附属の研究所の教授よ。正式名称は〈M大学附属書誌学山端爾後研究所〉。通称〈山端文庫〉ってもんだ」

「それか。M大って藍ちゃんとすずみちゃんの母校じゃん」

そうですね。だからすずみさんは醍醐教授のことを知っているんです。研人が少し考えました。

「ってことはさ大じいちゃん。その書誌学を研究するところって、古本屋とは相性悪いんじゃないの？　だからケンカになったってこと？」

「おう、その通りだ。おめぇも紺の息子でそういう頭は回るよな」

昔から研人は、成績はそうでもありませんでしたが、知恵の回る子でしたよ。学校の勉強とそういうものは別ですよね。

勘一が続けました。

「相性が悪いわけじゃねぇさ。古本屋にしてみりゃあ大学の研究所もいいお客さんだ。ただ、そういう学問のために売った古本ってのは研究対象だ。大体は書誌学をやってる大学の蔵書になっちまって、もう二度と市場に出回ることはなくなるって寸法よ」

「やっぱり相性悪いじゃん。それでか。醍醐教授がうちの蔵にある貴重なものが欲しくて、盗みに入ったんだ」

「そういうこった」

勘一が首を竦めました。

「研人も知ってるだろうが、家の蔵に眠ってるのは、その昔に男たちが命を懸けてまで守ろうとしたもんばかりだ。醍醐教授ってのは若い頃に噂で聞いてやってきて、俺の眼の黒いうちは決して目覚めさせねぇって突っぱねたら、夜中に盗み出そうとしやがった」

「根性あるね。学問をやるっていうのも、命がけだね」

「そりゃ大げさだが、ま、あいつも俺もまだ若かったからな。捕まえる時に殴り過ぎちまったのも、あいつが泥棒に入ったのと相殺でチャラってことにしたのさ。そこんところに、何年前だったかな。〈山端文庫〉でよ、サチの親父さんの蔵書の一部が発見されたんだ」

わたしの父、五条辻政孝のたくさんの蔵書は、すべて終戦のときにGHQに接収されてしまいました。

その蔵書の中には、父が生前にたった一冊だけ為(な)した著書もあったのです。戦前に海外を回ったときの紀行文なのですが、それを勘一はずっと探してくれていたのですよね。そして以前に〈山端文庫〉で父の蔵書が偶然にいくつか見つかったのですが、その中に父の本『欧羅巴見聞鉦(ヨーロッパけんぶんしょう)』は見つからなかったのです。

研人が納得したように頷きます。

「その大ばあちゃんのお父さんの蔵書が、これか」

研人が〈五条辻〉の蔵書印を指差します。

「そういうことさ。じいちゃん、ちょっとこの本を追ってみるね。連絡取ってみるから待っててよ」

紺が言います。

「おう、そうしてくれ」

「もしもさ、間違いなく〈五条辻〉家の蔵書印だって確認できたら、すぐに迷わずに買ってもいいよね？」

勘一が頷きます。

「そうだな。よっぽどとんでもねぇ値段ふっかけてこない限りは頼むぜ」

海外の古書店とのやりとりもけっこう多くやっています。ただ、向こうとこちらでは古書の値付けの感覚がまるで違うのですよね。

違う文化ですし、何よりもマーケットの規模が違います。向こうでとんでもない金額で売られている本が、日本では二束三文でしか売れないなんていうこともあるのです。ですから海外から本を買い付けるのはなかなか難しいのですよ。

その辺りは、慣れている紺に任すしかありませんね。

何でしょう、研人が小さく溜息をつきましたね。

二

普段のわたしは本当に家の中をうろうろしています。皆の仕事をしている様子を眺めて話をするのを聞いていたり、ときには猫たちや犬たちと遊んだり。

不思議なものですけれど、猫や犬はわたしの存在を感じ取ったりしているようなんですよね。でも、かまってはこないのです。わたしがずっと猫たちのそばにいて話しかけたりしても、ときどき何をしてるんだ、とチラッと見るぐらい。もっとかまってくれたらわたしも楽しくなるんですけれど、しょうがないですね。

夕方になって、研人がアキとサチの散歩に出るようです。今日の研人はどこにも出かけずに家にいましたね。

「ほら、行くぞ」

裏玄関のところでリードを持つと、アキとサチが嬉しくてしょうがないというふうに、研人に飛びつきながら尻尾を振ります。本当に犬は散歩が大好きですよね。

わたしもたまには一緒に行きましょうか。

あら、もうアキとサチはわたしの存在に気づきましたね。でも、研人はまだ気づいていないみたいです。この子にわたしが見えるときというのは、まったくばらばらで法則性も何もないんですよね。

わりと、わたしが驚いたり感情が高ぶったりする場面になると、見えてしまうようなんですけれど。

「行ってきまーす」

誰に言うともなく、研人が声を掛けて家を出ていきます。誰かが聞いていますし、犬たちがいないのはすぐに気づきますから、散歩に行ったんだとわかりますね。

もう大人の犬になっているアキとサチですから、リードをピンと引っ張って走っていくようなことはありません。研人の歩く速度に合わせて、ハッハッハ、と舌で息をしながら嬉しそうに歩いていきます。

ここ数年、散歩のコースはいつも同じです。祐円さんの神社の境内も通っていきます。ばったり誰かに会えば少し立ち話をしたりもします。夕方の買い物に出たかずみちゃんや、すずみさんたちに出会ったら、買い物が終わるまで待って一緒に帰ってきたりもします。

研人は才能豊かな男の子ですが、普通の男の子でもあります。こうしていると、あのステージでシャウトしてギターを掻き鳴らす姿はまるで想像できません。

坂道を上り、裏道を抜け、なるべく人通りの多くない緑が多いところをコースにしているのは、犬はあちこちにおしっこをしますからね。他人様の家の塀や敷地におしっこを掛けるのをなるべく避けるために、そういうコースを選んで習慣にしました。

そのコースをぐるりと回って小一時間ですか。家の近くまで戻ってきた研人が、前の方を見て、あれ？　という顔をしましたね。

何でしょうか。前を歩いているのはスーツ姿の中年の男性のようですが。同じ方向に向かって歩いていますね。手には何かの紙袋を提げています。

研人が、すいっ、と歩く速度を上げました。それに合わせてアキとサチもたったった、と早足になります。

「渡辺(わたなべ)さん！」

研人が声を掛けると、その男性が振り向きました。

渡辺さんでしたか。

振り返ったその顔に笑みが浮かびます。

「あぁ、研人くんか」

研人のバンド〈TOKYO BANDWAGON〉のベースマンである、渡辺三蔵くんのお父様、渡辺善尋さんでしたね。以前の会社を社内事情でリストラされたのですが、縁があって今は藤島さんのお父様の記念館でもある〈FUJI　書道アートセンター〉で働いています。書道の師範でもあるのですよね。

追いついたアキとサチが、この人は誰？　とばかりに匂いを嗅ぎに行ったり遊ぼうよと足をかけたりしようとするのを、研人がリードを引っ張って止めます。渡辺さん、どうやら犬はお好きのようですね。にっこり笑って少し腰をかがめ、手の甲をアキに向けます。慣れていますね。犬を飼ったことがあるに違いありません。

「アキとサチ、だったよね？」

「そうです。今日はどうしたんですか？」

うん、と、腰を伸ばして立ち上がりながら、手の紙袋をちょっと上げました。

「さっきまで藤島社長と一緒だったんだよ。急用で社長が戻らなきゃならなくて、この荷物を部屋に置いといてほしいと頼まれてね」

近くに車を停めて、〈藤島ハウス〉に向かう途中だったと。我が家の道の前は狭くて、軽自動車一台ぐらいしか通れませんからね。

「あ、じゃあ一緒に行きますよ。僕鍵持ってますから」

「鍵？」

研人が頷きます。

「僕の部屋もそこなんです」

ほう、と、渡辺さん少し驚きましたから、知らなかったんですね。

〈藤島ハウス〉の表玄関の鍵を開けて、アキとサチをそこで待たせます。慣れてますから大丈夫ですよね。管理人室では誰が鍵を開けたかというのがすぐにわかるシステムになっていますから、研人が帰ってきたんだな、とわかって特に用がなければ玲井奈ちゃんが顔を出すことはありません。さすがＩＴ企業の社長さんが造ったアパートですよね。見かけは古くさくても中身は本当に現代的なんですよ。

「どうぞー」

研人が渡辺さんを二階へと導きます。渡辺さん、感心しながらアパートの様子を見ていますね。

二階への階段を上がればすぐに藤島さんの部屋です。

「ここです。藤島さんの部屋」

研人がドアノブに手を掛けて、開けます。渡辺さんまた驚きましたよね。

「勝手に開けて、いや鍵は掛かってないのかい？」

研人が笑いました。

「藤島さん、ここに大事なものなんか置いてないからって。自由に入っていいよって言ってるんです。掃除だって下の管理人の玲井奈さんがしているから」

そうなんですよね。まぁ身内しかいませんから、家族しかいないところで鍵を掛け合うってことは、思春期の子供以外はあまりしませんよね。

渡辺さん、苦笑しながら紙袋を藤島さんの書斎の机の上に置きました。ちらりと部屋の様子も眺めましたが、そこは大人ですよね。あまり見ないようにしてすぐに出て行きます。それにしても藤島さん、管理人の玲井奈ちゃんが掃除をしているとはいえ、本当にきれいな部屋です。

階段を下りたところで、研人がふいに言いました。

「あの、僕の部屋そこなんですけど、見ます？　渡辺くんも来ていっつも練習してるところで」

渡辺さん、ちらりと腕時計を見て、うん、と頷きます。

「じゃあ、ちょっとだけ。お邪魔でなければ」

「どうぞどうぞ」

もちろん鍵は掛かっていません。

開けるとそこは仕切りも何もない大きな部屋なんです。元々がマードックさんと藍子のアトリエ用に造られた部屋ですからね。

「これは、凄い」

足を踏み入れた渡辺さん、思わず感心したように呟きます。エレキギターにアコースティックギター、ラックに積まれたキーボードにアンプ、シンプルなエレキドラムセット。その他にもMacBook（マックブック）や音響機材。床を這（は）うたくさんのケーブルにシールド。とても個人の部屋とは思えません。

「ほとんどはじいちゃんの、あ、祖父の我南人から貸してもらっているんですけど」

うん、と、渡辺さん頷きます。それでも、研人の稼いでいる印税やライブのギャランティは、もう一人前の成人男性の稼ぎと同じぐらいはありますからね。自分で買った機材や楽器も多くあります。

「あのベースは、三蔵のかい？」

「あれも祖父のです。でも、こっちに置いて渡辺くんが練習用に使ってます」

凄いなぁ、と、渡辺さん、また呟きます。わたしはもう我南人の時代から見慣れた様子のものばかりですけれど、門外漢の方には、ただ凄い機材がいっぱいあるとしか思えないですよね。

渡辺さん、ふぅ、と息を吐きました。

「これを見るだけでも、研人くんの才能がわかるよ」

　ちょっと研人が含羞みました。

「君たちも、もう三年生だね」

「はい」

　そうですね。高校三年生。

「研人くんは、受験しないんだよね」

「しません」

　きっぱりと言いました。そもそも高校すら行く意味がないと言っていた研人ですからね。大学受験のことなどは微塵(みじん)も考えていないでしょう。自分はミュージシャンとして生きていくんだという、確固たる思いをその胸に抱いています。

　渡辺さん、微笑んで、うん、と頷きます。

「三蔵はどうなのかなぁ」

「え？」

　研人がちょっと首を傾げます。渡辺さん、少し慌てたように軽く手を動かしました。思わず言ってしまった、といった感じでした。

「あぁ、いや、つまらないことを言ってしまった。忘れてくれ」

　すまないね、と、渡辺さん軽く手をおでこに当てて恥ずかしいというような笑みを見せます。

「ありがとう。何だかいいものを見させてもらったよ」

渡辺さんを〈藤島ハウス〉の玄関で見送りました。まだ仕事があるのですぐに戻るから〈東京バンドワゴン〉には寄らないけれど、よろしく言っておいてねと研人にお願いしていましたね。帰り際にもアキとサチを嬉しそうに撫でていましたから、やっぱり渡辺さん犬好きの方ですね。

研人は、その背中を見送って、しゃがみ込んでアキとサチを撫でながら呟きます。

「やっぱりそうなんだろうなぁ」

何がでしょうね。

「なぁサチ、アキ。大学行った方が、親は安心するよなーきっと」

サチとアキが、ワン！　と吠えました。

なるほど、そうですか、今朝方勘一たちと話していて何か大学とか学問とかに反応していたのもそれですかね。

自分の進路ではなく渡辺三蔵くんの進路のことで何か考えるところがあったのですね。研人のバンド仲間である渡辺くんと甘利くんは、二人とも大学には行かないと言っているそうです。高校を卒業したら、研人と三人の〈TOKYO BANDWAGON〉で本格的なプロとして活動すると。そう決めているんだと。

それは皆が聞いていました。亜美さんも、研人たちが卒業するまでのマネージャーとして、渡辺くんと甘利くんのお母さんたちと話しているそうです。亜美さんとしては少し心配ではあるらしいのですが、本人の意思を尊重します。そして二人のお母さんたちも、同じ気持ちではあると。

でも、それがどうなのか、と、研人は悩んでいるんでしょうかね。おそらく、自分が渡辺くんと甘利くんのこれからの人生を決めてしまっているような気持ちになっているんでしょう。特に渡辺くんは、頭が良いんですものね。

わかります。あの我南人でさえ若い頃には、そういう思いを話していたことがありましたよ。ボンさん、鳥さん、ジローさんたちには他の道があるのではないかと悩んでいたことが。

＊

かんなちゃんと鈴花ちゃんの入学式の日は生憎の小雨だったのですが、それ以外は何事もなく、つつがなく終了しました。

お店も結局閉めることはなく、古本屋の帳場には池沢さんが留守番で座ったのですよね。それはもう見事な変身ぶりで、ただ括ったただけの髪に銀縁の眼鏡。何でもないトレーナーに地味なスラックスと、どこからどう見ても古本屋のおばさんでした。

一応、我南人にそれとなく注意してもらっていたのですが、何人かのお客様の対応はもちろんそつなくこなし、お客様が不審がる様子も何もなかったとか。買い取りはさすがにできませんが、これからは古本屋の留守番が一人増えると、勘一が喜んでいました。

かんなちゃんも鈴花ちゃんも、次の日から元気よく学校へ登校しています。近所の上級生のお兄さんお姉さんたちと一緒に行くんですよね。

近所の指定されたところに集まって、ちゃんと手を繋いで本当に楽しそうに学校へ向かっていきます。

二人はとても明るくて元気な様子で何も心配はしていませんでしたが、その背中を見送っていた紺に亜美さん、青にすずみさんのパパママコンビも一安心ですね。

もちろん、これからの学校生活が平穏無事に進んでいってくれればそれに越したことはないのですが、どうでしょうか。花陽のときも研人のときも、何だかいろいろありました。それも過ぎ去ってくれれば良い思い出なのですが。

かんなちゃんと鈴花ちゃんの学校生活には、どんな出来事が待っているでしょうね。

春の宵は、本当に柔らかな空気が漂っている気がします。夜になって風は昼間より冷たくなりますけど、気持ちが良いですよね。

晴れがましく賑やかに始まった春の新学期も、二週間程が過ぎて落ち着きました。かんなちゃん鈴花ちゃんも、毎晩翌日の学校の準備をするのが板についてきましたよね。

花陽は大学二年生としての日々ですが、こちらは学校生活が新しくどうとかはないようですね。二年生ともなればもうすっかりキャンパスに慣れたでしょうし、毎日大変な勉強も自分の選んだ道ですから。

冬にお父様であるボンさんを亡くした麟太郎さんとも、お付き合いは順調なようです。たまにはうちに連れてきて一緒に晩飯を食べろと勘一は言いますが、恥ずかしいですよね。

今日の晩ご飯はカレーになったようです。カレーが嫌いな人はあまりいないと思いますが、我が家でも二週間に一回は出るメニューです。何といっても、この大人数で食べるのには非常に楽なメニューだからです。

大きな鍋にカレーをこさえて、ご飯を炊いて、あとはサラダを作ればそれで事足りてしかも皆に喜んでもらえます。毎日の晩ご飯を考える女性陣にとってはこれほどありがたいメニューはないと言っても過言ではないでしょう。ひとつ問題があるとすれば、中に入れる肉で好みが大きく分かれるところでしょうか。かずみちゃんと亜美さん、そしてすずみさんが作るカレーも実は三者三様なので、きっと食べる人はあのカレーがいちばんいいなぁ、などと心の中では思っていますよね。

あ、まだかんなちゃんと鈴花ちゃんは別に分けて作った甘口のカレーですね。

カフェも古本屋も七時ぐらいで閉店して、支度ができれば皆で座卓に座って「いただきます」です。

「芽莉依ちゃんはどうだ。勉強に不自由はないのか」

ひき肉のカレーを食べながら勘一が芽莉依ちゃんに訊きました。

「はい。大丈夫です。何も問題ないです」

東大を目指す受験生の芽莉依ちゃん。健康には十分注意してあげないとならないですよね。何せ他人様の大切な娘さんをお預かりしているんですから。

「今更だけど、一人の部屋を準備しなくていいのかな？」

紺が言います。

「花陽と一緒の部屋で、勉強がしにくいってことはないだろうけど」

「〈藤島ハウス〉はまだひとつ部屋が空いているしな」

青です。確かにひとつ空いてはいますが、お家賃がタダではないんですから。

「いえ、全然平気なんです。むしろ誰かと一緒の方が集中できるし」

芽莉依ちゃんが笑顔で言って、隣に座っている花陽を見ましたね。花陽も微笑みます。

「無理して言わなくてもいいからね」

無理じゃないですよね。花陽は、小さい頃から研人のことが大好きな芽莉依ちゃんをずっと見てきて、応援してきたお姉さんなんですから。

「かんなもね、鈴花といっしょがいいからへいきだよ」

「そうだよ。ひとりはさびしいよ」

「そうだよねー」

ねー、と四人で顔を見合わせておどけて笑います。

改めて言うことではありませんが、本当に我が家は女性が多くて華やかで賑やかでいいですよね。

研人がさっきからiPhoneを気にしてますね。LINEが入っているようです。

「研人。ご飯をちゃんと食べてからにしなさい」

「や、すぐ終わる。龍哉さんと」

おう、と勘一が大根サラダを食べながら言います。わたしはたまたま研人の近くにいたのですが、見えてしまいました。確かに龍哉さんとバンド活動について話していましたよ。

「龍哉も久し振りだな。仕事か？」

「まぁそんな感じ。ちょっと相談」

相談していました。もしもバンドが解散したらどうとか、自分以外のメンバーの将来とかですね。

やっぱり、かなり悩んでいるんですね研人は。それもやはり渡辺くんが受験するなら今から受験勉強しなきゃならないからでしょう。

「元気かって言っとけ」

「元気元気」

「ちょうど明日僕はぁ、葉山に行って会ってくるねぇえ」

そうか、と勘一頷きます。研人も、そうだったの？　という顔をしますね。

「たまには顔を見せに来いやってな。くるみちゃんと光平くんも連れてな」

そうですね。今年はお正月に会えませんでしたから、しばらく顔を見ていません。葉山に住んでいる我南人のミュージシャン仲間の龍哉さん。研人にとっては、我南人とは別の師匠みたいな人ですよね。

「光平くんって言えばぁ、結婚するみたいだよぉお」

「えっ、そうなんですか？」

「お相手は？」

女性陣が一斉に反応しましたね。龍哉さんの親友である光平さんは、農林水産省のお役人なんですよね。エリートです。

我南人が苦笑しました。

「詳しくは知らないけどね、フランスの人らしいねぇえ」

きゃあぁ、と、すずみさんから声が上がります。

どんな女性だろう、会いたいとひとしきり黄色い声が上がります。光平さんもおいくつでしたかね。確か青と同じぐらいだったかと思いますけれど。

「これで残るは藤島さんね」

亜美さんが意地悪そうな顔をして言いましたけど、藤島さん、今日はいなくて良かったですね。

「あいつは無理だって。自分で結婚には向かねぇって言っちまってるからな」

確かにそうは言ってましたけど、それぱっかりはわかりませんよ。結婚だけが幸せってものでもないんですしね。

「あ、じいちゃん。それでさ」

紺です。

「話は違うけど、例の〈五条辻〉の蔵書印が捺された本のことをいろいろ手繰っていたんだけどね」

うむ、と勘一頷きます。この間からずっと紺は執筆の合間を縫って探していましたよね。紺は一応英文は一通り読めますが、それでも多少は時間が掛かります。

「え、出たんですか!?」

すずみさんが訊きます。わたしの父の蔵書の話はすずみさんももちろん知っていますからね。

「いや違うんだ。それっぽいものを見つけたから、少し調べていたんだけどね」

「そうなんですね」

「アメリカの古書フォーラムとかを漁るのは久し振りだったからさ。随分様変わりしちゃってて慣れるのに苦労したんだけど、どうもね、二年前からさ、アメリカでやたらと戦後の日本からアメリカに持ち込まれた昔の書籍を探している人がいるんだ」

「ほう」

「たぶんその人の名前が出ていたんだけどさ。あ、これは言うより実際に見た方がいいな。ちょっと待って」

食事をするために床に下ろしておいたノートパソコンをひょいと持ち上げて、また開きました。

画面が出ましたね。ちょちょっといじって、違う画面を紺は出します。

「ほら見て」

勘一が画面を覗き込みます。

書かれていたのは〈Die go, yamabata〉という言葉ですね。

「あ？　これ名前なのか？　ダイ・ゴーで、死ねってどういうことだよ」

「違うよじいちゃん。その次。やまばた、って書いてあるのは、あの山端じゃないのかなって思ったんだけど」

「やまばた。ダイ・ゴー。あっ！」

勘一がぺしん！　とおでこを打ちました。

「死ね、のダイ・ゴーじゃなくて、醍醐か！　醍醐教授か!?」

〈総入れ歯で鼻曲がり〉の醍醐教授ですか。M大学附属書誌学山端爾後研究所、通称〈山端文庫〉の。

「えっ、醍醐教授が？」

すずみさんも慌てて覗き込みます。我南人もなになに、と反応しましたね。

「本当にそうかどうかは確認できないんだけど、その人物が、戦後日本から流れた個人の蔵書の数々を探しているのは間違いないんだ」

「え、でも」

すずみさんです。

「〈山端文庫〉がそうやって古書を探すのは当然ですよね？」

「当然だけど、あそこのような書誌学のところで具体的な個人蔵書を探すのは珍しいはずだよ。たぶんね、じいちゃん」

「おう」

「あの〈五条辻〉の蔵書印らしきものは間違いないと思う。それがついた本だけを、この〈Die go, yamabata〉という人物は二年前から急に探しているんだ」

どういうことでしょうね。

我南人が、ふぅむ、と顎をさすっていましたよ。

＊

今日は日曜日。

子供たちの学校への準備がない分のんびりとした空気が漂っていますが、今日はかずみちゃんも早めに居間の掃除を始めて、そしていつもは座卓で仕事をする紺も、ノートパソコンを広げていません。

お客様がたくさん来るんですよね。

それも大勢で。居間がほとんど占領されてしまうので、紺は自分の部屋に引っ込んでいきました。かんなちゃん鈴花ちゃんもどこかへ連れて行こうかとしたのですが、研人が大丈夫と言っていました。二人はたくさん人が来るというので、わくわくしていますよ。

研人と芽莉依ちゃんが駅まで迎えに行って、帰ってきました。

「ただいまー」

「こんにちはー」

「おじゃましますー」

賑やかな声と、可愛らしい声が玄関に響き渡ります。まぁ本当に大勢の若い男の子と女の子がぞろぞろと裏玄関から入ってきます。玄関には入りきれないので早く靴脱いで上がれ、と研人が指示しています。全員が研人の同級生の皆さんですよね。小学校から同じ子も多いらしく芽莉依ちゃんの同級生でもあるのですよね。

かんなちゃんと鈴花ちゃんが玄関まで走っていきました。

「いらっしゃいませー」

「よくきたあがれ！」

「カワイイー!!」

「かんなちゃん鈴花ちゃん！」

「おっきくなった！」

まさしく、きゃああ、という声が上がりました。かんなちゃんと鈴花ちゃんが、おねえさんたちにもみくちゃにされて大喜びしていますよ。二人のことを知ってる女の子もいるようですね。

総勢十三人。全員が高校三年生。制服でもこれだけ集まると賑やかなのに、日曜日で私服で集まっていますからより一層賑やかになっていますね。

しかし皆さん洋服の色合いがカラフルだったりシンプルなモノトーンだったり、見事に個性的なファッションですね。男の子が研人を入れて四人で、女の子が芽莉依ちゃんを入れて九人ですか。ここでも研人は女の子に囲まれているんですね。

「はーい、どうぞー」

亜美さんがカフェの仕事をちょっと中断して皆を迎えました。一応、飲み物一杯だけはサービスで出してあげるそうです。それ以外は、もう皆がそれぞれ持ってきています。

「お邪魔します！」

「すみませんありがとうございます！」

「お世話になりまーす」

次々と皆が挨拶して居間に並んでいきます。手土産もいらないからね、と事前に亜美さんが研人に言っておいたので、手ぶらですみません、と、おじさんくさいことを言う男子もいました。

実は、研人が高校一年生のときの担任の先生に子供が生まれたそうなんです。今は出産休暇中ですね。菱川（ひしかわ）先生というとても生徒さんと仲の良い女の先生でして、その先生にお祝いの品を贈りたい。でも高校生なのでお金はないし、お金を使っても先生が気にしてしまう。そこで、手作りの赤ちゃんのものを皆で作って贈ろうということになったそうなんです。それならお小遣いもあまり使わないし気持ちも込められるということですね。

それで、たくさんの人数が集まれる場所ということで、我が家が選ばれたわけです。確かに我が家なら十人来ようが二十人来ようが、この居間で話ができます。お金を出すのは一年のときのクラスメイト全員ですが、作るのは裁縫好きな有志の女子。男の子はどうやら女子の中のカレシかあるいは便利に動ける子のようですよ。男子の中には甘利くんもいますね。渡辺くんはいません。一年のときには別のクラスだったんでしょう。

「こぼしたら大変だからペットボトルの蓋は必ず閉める！」

一人の男子が言います。わかってますよね。

皆で作る品は、抱っこ紐用よだれカバーに、スタイ、そして布のボールや、ぬいぐるみのおもちゃ。手芸用品店などでキットで売っているものが多いようです。裁縫の得意な子なら、皆でわいわいやればお昼過ぎにはできあがるでしょう。

お昼ご飯も持参で、カップ麺や何かをコンビニで買ってきたらしいです。うちで提供するのはお湯ぐらいですか。

皆で座卓にいろんなものを広げて作業ですね。勘一が様子を見に来たり、かんなちゃん鈴花ちゃんもじっと真剣に見つめていたり。でも、邪魔はしませんでしたよ。

芽莉依ちゃんはひとしきり同じ小学校の子と話して部屋へ戻っていきました。研人は裁縫なんかできないですからね。皆の周りをうろうろしてました。

「あ、研人くん」

「うん？」

髪の毛の長い、大人しそうな女の子が立ち上がりました。

「大体終わったから、ちょっと芽莉依のところへ案内してくれる？　さっき終わったら来てって言ってたから」

「あ、そうなの」

「じゃ、ワタシも行く。もうすぐ終わる！」

こちらは短い髪の毛が少し跳ね上がった感じの、活発そうな女の子ですね。

「俺も行くかな」

甘利くんが立ち上がりました。

「あまちゃんはダメ！　女の子の部屋だよ！」

「研人は」

「研人はカレシ！　いや婚約者！　しかもここの人！」

この女の子は気が強そうですね。女の子二人と研人が、ちょっと行ってくると縁側を歩いていきます。

「七海（ななみ）ちゃん、ナベちゃんは今日は？」

「後で来るんでしょ？」

「来るよ」

七海ちゃんと呼ばれた女の子に研人が答えました。

わかりました。この髪の毛の長い女の子は、渡辺くんの彼女さんですね。そして甘利くんを尻に敷いていたのは、甘利くんの彼女の唯ちゃんでしょう。何度も話には聞いていましたけれどこうして会えるのは初めてでした。

皆、同じ高校だったのですね。

こうしてみると、似た者同士の組み合わせになったのですね。唯ちゃんの髪形などはいつも髪の毛が跳ねている甘利くんにそっくりです。

研人が二人を〈藤島ハウス〉の芽莉依ちゃんの部屋まで連れて行きました。今日は花陽も外出中だからちょうどいいですね。

また可愛らしい声を出して三人で笑い合っています。全員同じバンドのメンバーの彼女で仲が良いんでしょうね。

研人は一度皆のところへ戻ろうとしたのですが、何か考えてから自分の部屋へそっと入っていきました。忘れ物でもありましたか。

わたしは、ちょっと女の子三人のお話を聞いていきましょうか。

失礼しますね。


「え！　じゃあ大学入ったら研人くんと暮らすの!?」

唯ちゃんが大きな声を出して、芽莉依ちゃんが慌てています。

「まだ決まったわけじゃないよ。研人くんがそう言ってるだけ」

「どこで」

「だから決まってないって。でも、私はもちろん大学に入ったら一人暮らしをするから」

「そうだよね」

七海ちゃんです。

「ここにずっといられないよね」

「うん」

頷いて芽莉依ちゃん考えます。

「ずっといてもいいって皆は言ってくれるんだけど、やっぱり自立したいし。アルバイトでもなんでもして」

「いいじゃん」

唯ちゃんですね。

「研人くん稼いでいるんだから」

そうですね。二人で暮らせるくらいには確かに稼いでいます。

「結婚は？」

恥ずかしそうに芽莉依ちゃんが微笑みます。

「式はまだ考えていない。でも、婚姻届は出しちゃうから」

「やっぱり結婚するの！」

唯ちゃん、いちいち眼を丸くして可愛らしく驚きますね。研人と芽莉依ちゃんは、芽莉依ちゃんが見事合格したら結婚すると決めているみたいですからね。きっと誰も反対はしないでしょう。

お式を挙げるとかそういうのは、とにかく合格してからです。

「渡辺くんは卒業したら、バンドで頑張るんだもんね。研人くんと」

「うん、そう言ってる」

七海ちゃんですね。

「七海ちゃんは、大学に行くんだよね」

芽莉依ちゃんが訊くと、七海ちゃん頷きます。

「行こうと思ってるんだけど」

「渡辺くんは行かないって言ってるものね」

あら、七海ちゃんの顔が少し暗いですね。芽莉依ちゃんが、ほんの少し首を傾げました。

「バンドやるって、不安だよね」

芽莉依ちゃんが言うと、七海ちゃんも小さく頷いてから、大人びた表情で苦笑いを見せましたよ。

「私は、芽莉依みたいにもう結婚するとか考えてないけど」

高校生ですものね。研人と芽莉依ちゃんみたいに結婚まで考える方が珍しいのです。でも、付き合っている大好きな男の人との将来を考えるのは当たり前で、不安に思ってしまうのも当然でしょう。芽莉依ちゃんは七海ちゃんのその辺の気持ちをわかっているみたいですね。

「一緒に大学とか行けたらいいなとは思うけど、でも、渡辺くんは音楽やるって言ってるし」

七海ちゃんの揺れ動く気持ちはわかりますよ。特にわたしはそんなような男たちが山ほど集まってきた家にお嫁に来た人間ですからね。

「ワタシは就職！」

唯ちゃんですね。元気に手を上げて言います。

「あのね、七海。ワタシはね、公務員になるんだ。それでね、売れないミュージシャンになってしまっても、あまちゃんを支える健気(けなげ)な奥さんになるの」

あらまぁ。唯ちゃん、しっかりした人生計画ですね。芽莉依ちゃんも七海ちゃんも、唯ちゃんのあっけらかんとした笑顔に、思わず笑っていました。

「なんだよそれ」

声がしましたね。小さい声で三人ともまったく聞こえなかったでしょうけど、わたしはわかりましたよ。

隣の部屋です。

あぁ、研人。

何をしているんですか。立ち聞きしていましたね。

いえ、それを怒るとわたしの毎日は立ち聞きばかりなんですけれど。

研人と花陽の部屋は、元々藍子とマードックさんの部屋で、アトリエと居間として使っていたんですよ。居間の部分が花陽と芽莉依ちゃんの部屋で、隣のアトリエが研人の部屋。そこはドアで繋がっているんですよね。防音がしっかりしているとはいえ、ドアに耳を当てれば、女の子の高い声は聞こえてきます。

これはいけませんね。きっと、彼女三人揃って進路の話が出るだろう、渡辺くんの話も出るんじゃないかと思ったのか。あるいは、研人は感受性の強い子ですから、普段から七海ちゃんが渡辺くんの進路に不満を持っていたのを知っていたのかもしれません。

どうしたらいいですかね。

研人はちょっと悩みをこじらせてしまっていますね。

この悩みは、当人にしかわからないでしょうし、研人は親になんか相談しませんよね。受験の話は、繊細な話になります。

どうしましょうかね。せめてこのことを紺に伝えられればいいんですけれど。

かんなちゃんですか。

かんなちゃんがわたしと話してくれれば、きっとそこに紺がいれば紺とも長く話せるはずです。前にもそんなことがありました。

けれどもどうしましょうかね。紺とかんなちゃんと三人になる機会を作らなきゃなりません。でもそうなると、鈴花ちゃんもついてきます。紺とかんなちゃんと鈴花ちゃんが三人でどこかへ、どこかへって蔵しかありませんよね。誰にも聞かれずに、不審がられずにいられるのは。

あぁでも駄目ですか。他に誰かがいればいいですけど、紺がかんなちゃんと鈴花ちゃんを連れて蔵にいること自体がおかしなことです。

なるほど、あのときは研人がいたからこそ、できたんですね。研人と紺が蔵にいても何もおかしくありませんでしたから。そこにかんなちゃんと鈴花ちゃんがくっついてきたといういいわけが成り立ちますからね。

困りました。こういうときには大人数の家族というのはやっかいですね。常に誰かの眼がそこにありますから。

何かいい方法は。

あぁ、そうです。あれがありましたか。

*

翌日です。

かんなちゃん鈴花ちゃんが小学校から帰ってきました。このチャンスを今日はずっと待っていました。

帰ってきた二人は、まずはすぐに手を洗ってうがいをして、そしてランドセルを置きに自分たちの部屋へ行きます。

そこには誰もついてきません。

部屋で待っていると、二人が入ってきました。かんなちゃんはすぐにわたしに気づきます。

「かんなちゃん」

「はい！」

かんなちゃんがこっちを向いて、笑いかけます。それを見て、鈴花ちゃんもにこっと笑いました。

鈴花ちゃんはわたしのことがまるでわかりませんけれど、かんなちゃんがわたしと何かするとすぐにわかるんですよね。

「今は誰もいないから、お喋りしていいよ。鈴花ちゃんにも言ってね」

かんなちゃんが、本当に嬉しそうににっこりします。

「鈴花、いまおおばあちゃんとおはなしするからね。まっててね」

「うん」

「どうしたのおおばあちゃん」

「あのね、大ばあちゃんはかんなちゃんに頼みがあるの」

「かんなに!?」

「そう。聞いてくれるかい？」

「おう！　どんとこいだ！」

小さな拳を握って胸をぽん！　と叩きましたよ。

どうしてかんなちゃんは勘一の言葉遣いみたいなのを真似するんでしょう。これはそろそろ本当に何とかした方がいいと思うのですけど。後で紺に言っておきましょう。

「まず、紺パパの部屋へ行きましょう。そっとね」

「わかった」

二人で静かに、抜き足差し足と紺と亜美さんの部屋へ入っていきます。もちろん、勝手は知っています。

「かんなちゃん、紺パパの机の上に、音を録音する細いのがあるでしょう?」

言うと、頷きました。

「ボイスレコーダーでしょ?」

「知ってるんだね。じゃあこれを持って、かんなちゃんと鈴花ちゃんの部屋へ行きましょう」

「りょうかーい」

誰にも見られずに戻ってこられました。

「いい? かんなちゃん。そのレコーダーの、赤いボタンを押すと録音されるから、ボタンを押して、そして大ばあちゃんの言うことを、そのままかんなちゃんが繰り返し喋って録音してくれるかい? 上の部分に向かって喋れば録音されるからね」

「わかった!」

今の子はこういう機器にも詳しいですからね。

「鈴花ちゃんにはもう少し待っていてって言ってね」

「鈴花、まっててね。いま、おおばあちゃんのたのみをきいているから」

「わかった。だいじょうぶ。あのね、だれもこないようにみはっているから」

鈴花ちゃんが部屋の扉の前でまるで張り込みするように立ちましたね。そんなことどこで覚えるんでしょうか。

まぁいいでしょう。

「じゃあ、ボタン押して」

「おした」

「紺、わたしだよ」

「こん、わたしだよ。もっとたくさんしゃべっても、かんなはおぼえられるよ」

「おや、そうかい。じゃあ、研人が、渡辺くんに大学受験をさせないことで悩んでいるんだ」

「けんとが、わたなべくんに、だいがくじゅけんをさせないことでなやんでいるんだ」

すごいですねかんなちゃん。そんなにいっぺんに覚えられるんですね。小学校一年生の子の賢さを見くびっていたようですね。

「渡辺くんのお父さんに会って悩みを知ったり、龍哉さんにＬＩＮＥで相談したりしているんだよ」

「わたなべくんのおとうさんにあってなやみをしったり、たつやさんにラインでそうだんしたりしているんだよ」

完璧です。

「自分たちの彼女の会話を立ち聞きしたり、かなり問題をこじらせて深刻に悩んでいるね。我南人になんとかしてもらった方がいいよ」

「じぶんたちのかのじょのかいわをたちぎきしたり、かなりもんだいをこじらせてしんこくになやんでいるね。がなとになんとかしてもらったほうがいいよ」

ひょっとしたらかんなちゃんは記憶力も素晴らしいのではないでしょうかね。でも、案外子供の頃ってそうかもしれません。研人も働く車の名前を全部覚えていましたものね。

「これでいいわ。これを止めて。紺パパにそっと言ってくれる？　誰もいないところで聞いてって」

かんなちゃん首を傾げましたね。

「これでいいの？」

「え？」

「もっとながーくせつめいしてくれても、かんなはちゃんとしゃべれるよ？」

もっとですか？

三

かんなちゃんが、紺にこっそりとレコーダーのことを教えて、紺は理解してくれました。後で仏壇の前に来て、我南人に頼んでおいたと言いましたよ。

ああいうことは、自分が話しても何の説得力もないだろうと言ってましたね。確かにそうだと思います。我南人に任せておけば大丈夫でしょう。結論の出ないことかもしれませんが、少なくとも同じミュージシャン。同じバンドをやっていくもの。

研人が納得できる何かを与えてくれるんじゃないでしょうか。

それにしても、文明の利器は凄いですね。幽霊の話すことをちゃんと生きている人間に伝えられるんですから。

研人の友達がたくさんやってきた日曜日から三日経った水曜日です。

晩ご飯が終わる頃に、我南人が勘一を呼びました。

「親父ぃ」

「おう。何だ」

「今晩、九時ぐらいにねぇ。お客様が来るからぁ、準備して待っていてねぇえ」

「客？　誰よ」

皆も誰でしょう、という顔をしました。

「研人もその時間に、ここにいてねぇえ」

「え、オレも？」

我南人が頷いて、研人と勘一が顔を見合わせましたね。二人に共通のお客様など、いるでしょうか。

「だから、誰よ」

「醍醐教授だよぉお」

「あ？」

え？　と研人が言います。すずみさんも、え？　と言いましたね。

「醍醐教授が？」

「そうだよぉお。連絡を貰ったんだぁあ」

我南人が言います。

「何でおめぇのところに連絡が来るんだ？」

「だってぇえ、あの人は、親父のところに電話なんかできないだろうぅ？　その点、僕ならぁ、ライブのときにお世話になったからねぇえ。連絡先もちゃんと知っていたしさぁ」

そうですね。確かに〈山端文庫〉で我南人はライブをやりました。

それも〈山端文庫〉が所有した〈五条辻〉の蔵書印が入った本を譲っていただくためだったのですが、結局わたしたちが探していたお父様の著書はなかったのです。

「それでぇ、この間紺が調べた件があったからぁ、久し振りに連絡したらさぁ、教授が本当にびっくりして、実はすぐにでも僕に連絡しようと思っていたってさぁ。親父に話したいことがあるってねぇえ。そしてジローと鳥も来るよぉお」

そうだったのですね。

でも、まずは醍醐教授の事情がわかりましたけれど、どうしてここに鳥さんとジローさんも来るのでしょう。

「何の話があるのかは、まだ聞いてねぇんだな？」

「そうだよぉ」

「で、ジローと鳥は、来るのはいいけど、どうしたんだ」

お二人とは、ボンさんの音楽葬で顔を合わせて以来ですね。

もう先々月になりましたか。葬儀会場ではなく、ライブもできる会場でボンさんのお別れ会、音楽葬が執り行われましたよね。

発起人はもちろん我南人に鳥さんにジローさんの三人です。たくさんの音楽仲間とファンの方が集まり、しめやかに、ではなく、本当ににぎやかなお式でした。我南人たちはもちろん、研人たちのバンドも一緒になって、〈LOVE TIMER〉の曲を皆で演奏して歌って、花陽も、そして麟太郎さんも、涙はほんの少しで笑顔で参列して、ボンさんを見送りましたよ。

「ジローと鳥はぁ、研人のためにねぇえ」

「オレ？」

「研人ぉ、この間ぁ。龍哉のところに行ったときに聞いたよぉ」

研人は顔を顰めましたね。そうですか、我南人はわたしが紺を通じて伝える前に知っていたんですね。

勘一は首を捻りました。

「で、どうしてその三人を一緒に呼んだんだ？」

「まぁそれはおいおいだねぇ」

おいおいですか。話を聞けばわかるのでしょう。

九時になる頃にはもうかんなちゃん鈴花ちゃんは眠ってしまいます。寝つきの良い二人ですから、下でお客様が話していても起きることはありません。

皆はそれぞれにもう自分の部屋へ引っ込んでいきました。特に女性陣は、お風呂上がりの顔なんか見られたくありませんからね。

かずみちゃんが残って、お茶などの用意をしてくれています。

我南人が、連れてきましたね。

ジローさんと鳥さんは、慣れた家ですからさっさと入ってきて、そして座卓につきます。待っていた研人に、元気か、などと声を掛けています。

我南人のバンド〈LOVE TIMER〉は、ボンさんというオリジナルメンバーを失いました。ドラムスがいなくなってしまったのです。

　ドラムスを別の人にすればいいじゃないか、と、思われるむきもあるでしょうが、実はバンドの中でいちばん替えが利かないのがドラムスだという話も多いのですよ。それだけ、ドラムスというのはバンド全体の色を決めるものなのです。

　それでも、このまま活動休止や、解散ということはまったくありません。ただ、ライブをするときにドラムスをどうするかという話はまだ決まっていないようです。少しだけ、研人のバンドの甘利くんが手伝ったことはありますよね。

　これからどうするかというのは、きっと我南人や鳥さんやジローさんも悩んでいると思いますよ。

　そして、醍醐教授が家に入ってきました。

　こうしてお顔を拝見するのは、わたしは実はあのとき以来です。もう何十年も前のことですから面影も忘れていましたが、風貌に少しそぐわないつぶらな瞳は覚えていました。

　そして、本当に申し訳ないことに確かに少し鼻が曲がっているようにも見えます。そう思って見れば、ですけれど。そして総入れ歯というのは本当なのでしょうか。

「その節は、本当に申し訳ありませんでした」

　醍醐教授、畳に手をつき、深々と頭を下げました。

「いやいやぁ、醍醐教授。殴って大怪我させたのは俺の方なんですから。俺こそ、これ、この通り」

勘一も、手をついて頭を下げます。お互いに、いやいや、と言いながら下げた頭を上げました。

もちろんあのときにそれぞれ頭を下げて謝り合いましたが、若かったですからね。胸の内に収まらないものがあったと思います。こうして年を重ねて再び会って、若さ故の過ちを互いに認め合い心からの謝罪ができるというものでしょう。

何故かこの場に同席させられている研人とジローさんと鳥さんですけど、そこは大人ですね。いえ研人はまだ子供ですけど、黙ってお茶を飲みながら二人の話を聞いています。

「しかし」

醍醐教授、少し笑みを浮かべます。

「時が経ちましたね。お互いに年寄りになってしまいました」

「まったくですな。教授はお幾つになられました」

「七十三になりました」

「そうでしたか。年齢のことも知りませんでしたな」

実際のところ、勘一も会ったのはあのときと、病院で見舞ったときの二回だけですからね。

「あ、それで、私はもう現役の教授ではありませんので、醍醐で」

あぁそうでしたな、と勘一頷きます。定年を迎えられたんでしょう。

「しかしまだ〈山端文庫〉で働かれているんですな」

「はい。まぁ名誉教授なんて肩書きを貰っている都合上は少しは働かないとなりません。ボケ防止にもいいかと思って、動いております」

「そうですかい」

勘一、申し訳なさそうな顔をします。

「醍醐さん、お話を伺う前に、ひとつ確認したいんですがね」

「何でしょうか」

「うちの嫁で、今古本屋で働いているすずみが、お宅のところの卒業生なんですよ。しかも文学部です」

おや、と、頬が緩みましたね。

「そうでしたか。それは偶然でした」

「そのすずみがですな。醍醐さんは教授の頃に、〈総入れ歯〉と噂されていたと言うんですが、そいつぁまさか俺のせいですかかな」

勘一の拳が歯を全部折ってしまったんでしょうか。

醍醐さん、思わずといった感じで笑いましたね。

「いやいやぁ。確かに入れ歯ですけど。そしてそういうふうに噂されていたのは知ってますが、それは違います。あのときに堀田さんに折られたのは、前歯二本と、あと奥歯一本ぐらいだけです」

ありゃあ、と勘一顔を顰めましたね。それでもやっぱり歯を折ってしまっていたんですね。本当に申し訳ありませんでした。

「すまんこってしたな」

「いえ、あのときも言いましたが、本当に今思い出しても顔から火の出る思いですが、泥棒に入ったのは私の方です。警察に突き出されずに、許してもらったお蔭で今の私がここにいるんです。感謝こそすれ、恨み辛みなど微塵もありません」

そう言っていただけると、こちらこそありがたいですよ。

「それで、堀田さん。今日お伺いしたのは他でもありません。私が、〈五条辻〉家の蔵書印の入った本を探していた件です」

「やはり、醍醐さんでしたかい」

そうなのです、と頷きます。

「名前のせいで、妙に広まってしまったのですが」

苦笑しました。確かに、〈醍醐〉は音をそのまま英語に当てはめると誤解されてしまう名前ですよね。

「しかし、堀田さんが探して見つからないものがそう簡単に見つかるはずもありません。そもそも、この世に存在しているかどうかもわからない。しかし」

「しかし？」

「ありました」

「あった？」

勘一が、驚いて眼を大きく開きました。

「しかも、堀田さんが探していた一冊が、あったんです」

思わず身を乗り出しました。

「あったって、まさか」

醍醐さん、持ってきていた革の鞄から薄い箱をひとつ出しました。厚手の紙で作られた箱ですね。

それをそっと座卓の上に置き、蓋を開きます。エアパッキンで包まれた本がそこにありました。

「どうぞ、手に取って確かめて見てください」

勘一の表情が引き締まります。白手袋をして、エアパッキンを慎重に開けました。我南人もじっとそれを見ています。

本がありました。

どうしましょうか。涙が出てきそうです。この身になって涙など出ないはずなのに、眼から溢れているような気がします。

お父様の本です。間違いありません。半世紀以上経っての、再会です。

「こいつは」

勘一が手に取ります。『欧羅巴見聞鉦』です。

そっと、勘一が後ろのページを開きました。

何ていうことか。

書いてありました。

〈最愛の娘、咲智子（さちこ）へ〉

二十冊あった中で、たった一冊。わたしにこの言葉を書いてくださった本が、ここにあるのです。

勘一が、ふぅ、と大きく息を吐きました。首を軽く横に振りました。そして、醍醐さんを見て、ゆっくりと頭を下げます。

「これ、この通り。厚く御礼申し上げます。見つけてくださって、本当にありがとうございました。うちのサチが、亡き妻は、きっと今頃涙を流しておりやす」

勘一の眼にも光るものがあったような気がします。

まさか、まさか見つかるなんて思ってもみませんでした。生きているときから、もう二度と目にすることはないのだと諦めていましたから。

「どうぞ、そんなことをする必要はありませんよ堀田さん」

醍醐さんは言います。

「しかし、どれほどの苦労を。俺も八方手を尽くしたが、影も形も見つからなかったものを」

「幸運でした。何の苦労もしていません。本当にただの幸運なんです」

醍醐さんが言います。

「ここ数年のネットの興隆ですよ。おそらくはもう堀田さんは半分諦めて、ネットで探しはしなかったのでは？」

頷きます。その通りですね。国内に声は掛けてはいたものの、海外を積極的に探すことはしていなかったはずです。紺が忙しくなっていたせいもあります。

「私は、教授という立場上若い学生たちと接します。若者は皆ネットに強いです。日本の自分の部屋にいながらにして、世界中のいろんな人たちと交流できます」

「そのお蔭で、ですかい」

「そうなんです。この本はアメリカはシカゴの大学生から手に入れました」

「シカゴ」

「近くの街の古書店で手に入れたそうです。日本語に興味がありますが、特に大学で文学を専攻はしていません。マンガが大好きだそうですけどね」

そういう方は多いですね。いまや日本のマンガは世界共通の言語になりつつあると聞きますよ。

「単純に、日本語がおもしろくて買ったそうです。それをたまたまSNSにアップしていました。クールな日本語ということで」

「それをお宅の学生さんが」

「本当に、たまたま見つけました。それを私に見せたんです。驚きました」

「しかし」

勘一が訊きます。

「醍醐さん、ここ二年アメリカで古本を探していたんですよな？　その形跡をうちの紺があちこちに見つけたと」

「はい、おっしゃる通りです」

頷きました。

「どうしてですかね？　いや本を探すのはお宅の商売みたいなものでしょうが、どうして〈五条辻〉の蔵書印が入ったものを？　確かに俺らが探していたのは知っていたのでしょうが、今になってどうしてですかね？」

醍醐さん少し考えます。

「実は、二年前に心筋梗塞になりました」

あら、そうだったのですか。

「そいつぁいけませんな。しかし今の様子からすると回復したんですな？」

「はい、お蔭様で軽いもので済みました。しかしお元気な堀田さんを前にして言うのもなんですが、自分の寿命というものを考えるようになったのです」

そうでしょうな、と勘一も言います。

「死ぬ前にやり残してるものはないか、と考えました。浮かんできたのは」

庭の方を見ます。

蔵があります。

醍醐さんが泥棒までして入り込もうとした蔵です。

「あの蔵に眠る貴重な本の、資料の品々のことを思い出したのです。何があるのかは噂でしか知りません。しかし、間違いなく書誌学のために貴重なものがあるのには違いない、と」

勘一が、唇を引き締めて、唸ります。

「我南人くんがうちでライブをやったときに、聞きました。堀田さんが探しているこの本の話を。そして思い出しました。この本を探して見つけることができたのならば、もう一度堀田さんとお会いして、こうして真正面から話ができるのではないかと」

そういうことでしたか。

「どうでしょう、堀田さん」

「これと引き換えに、蔵にあるものを、ですかい」

「いいえ」

醍醐さんは首を横に振りました。

「そんな虫のいい話はできません。この本はもともと堀田さんの奥さん、サチさんのものです。それをお返しするだけの話です」

「それじゃあ」

醍醐さんが、まっすぐに勘一を見据えました。

「私の命と合わせて、引き換えってことではいかがでしょうか」

「命ですかい？」

醍醐さんが、ゆっくり頷きました。

「自分の眼の黒いうちにはあの蔵に眠っているものは出さないという堀田さんの覚悟は、重々承知しています。そこには堀田さんだけではなく多くの人間の志があるのでしょう。しかし、お互いにもう年です。それぞれが死んだときに、初めてそれを私のところで、後進のために、正式な資料にさせていただけませんか？　もちろん所蔵は〈東京バンドワゴン〉さんで結構です。研究のためにお貸し願えませんか？　その約束だけでも生きているうちにさせていただきたいと、こうして頭を下げに来た次第です」

勘一が眼を閉じ、深く深く息を吐きます。

腕を組み、じっと、考えています。

そして、ゆっくりと眼を開けました。

「醍醐さん」

「はい」

「俺はね、息子にも孫にも常々言ってるんですよ。あの蔵の中に眠ってるもんを守るのは、俺の代まででいい、とね。眠らせることを約束した連中は、俺のじいさんの代でとうの昔に全員おっ死(ち)んでますよ。だから、ここまでで、いいとね」

勘一が腕を解きました。

そして、頭を下げました。

「改めて、この本を探し出してくれた御礼を申し上げやす。そして、お約束しますぜ。この本とお命の両方をもって、二人共に天に召された暁には〈山端文庫〉さんで資料にしていいと。もちろん、文書にして遺(のこ)しておきます」

あぁ、と、醍醐さんが、本当に、お腹の底から息を吐き出し、そう呟きました。眼から涙が零(こぼ)れます。

「もって瞑すべしです」

もって瞑すべしです、と小さな声で呟かれましたね。

我南人が、にっこりと微笑んで、うんうん、と頷いていました。

醍醐さんは、帰っていかれました。

居間には勘一と我南人と、研人。それにジローさんに鳥さんです。

「研人ぉ」

我南人が呼びます。

「話を全部聞いていたよねぇ」

「聞いた」

「あの人、醍醐さん。どう思ったぁ？」

研人が、うん、と頷きましたね。

「すげえなって。大じいちゃんもそうだけど、覚悟って言えばいい？　そういうの。びっくりしたよ。あんな普通のおじいちゃんにしか見えないのにさ」

「そうだねぇえ」

「『もって瞑すべし』ってさ、これでいつでも死ねる、ってことだよね？　そういう覚悟のことだよね？」

よく知っていますね研人。その通りですよ。もうここまでできればいつ死んでもいいと醍醐さんは呟いたのです。

「自分の仕事をしたよな」

ジローさんです。

「震えたぜ正直」

鳥さんも言います。

「研人」

「うん」

「俺らが何で来たか、わかってるだろ？」

研人が、こくん、と頷きました。

「最近、心震えたものはないか？　こいつはすげぇって」

研人がジローさんに言われて、少し考えました。

「あ、ある」

「なんだ」

「のぞみちゃんの詩」

「のぞみちゃん？」

うちに来ている女の子で、文才のある子なんだと話をしました。

「本当にスゴイんだ。歌詞を、っていうか詩を読んで文字通り震えたのは初めてだった」

そうか、と、ジローさんも鳥さんも頷きます。

「曲をつけたいって思ったんだろ」

「そう」

鳥さんが、ニヤリとします。

「心震えたろ？」

「震えた」

研人が、真剣な顔で言います。

「これを歌にしたいって思った。それはもうのぞみちゃんに言ってあるんだ。まだ全然完成していないんだけど」

「きっと、いい歌になるな」

ジローさん、そう言って続けます。

「俺らもさ研人」

「うん」

「我南人の作った歌を聴いて、心震えたのさ。文字通りの、ここだ」

ジローさんが、胸を叩きました。

「ハートビートだ。それはもう絶対消えないものだってわかった。ずっとここで震えている。燃えている。だから、決めた。まだお前ぐらいの頃だ。こいつに、このとんでもなくワガママだけど素晴らしい才能の男について行こうと決めた。その決心は俺だけのものだ。他の誰に決められるものじゃない」

「俺もそうだよ」

鳥さんです。

「俺は、我南人と一緒に一生演っていきたいって思って決めた。我南人も一緒に行こうと言った。だから、ここまで来た。誰かが言ってたぜ。将来するかもしれない後悔を今から考えるのはバカだって」

そうですね。後悔はいつか訪れるものだとしても、それを思って未来を決めてしまうのは、愚かなことかもしれません。

「答えなんか、ない。お前が悩んだのもわかる。でも、何もかもそいつの、渡辺くんの生き方だ。希望も後悔も何もかも自分のものだ」

「それがさぁあ」

我南人です。

「LOVEなんだねぇ」

そうなんですね。

勘一が、うん、と頷いています。

どうして鳥さんやジローさんが来て、研人にこの話を聞かせたのかはまるで聞いていませんでしたけど、今の会話を聞いて、わかったんでしょうね。

「研人よ」

「うん」

勘一が、掌を広げました。

「大じいちゃんは、大じいちゃんの人生であの蔵ん中のものを守ってきた。俺だけのもんだ。そいつは他の誰にも背負わせねぇ。大じいちゃんだけの人生だ。我南人にも紺にも、青にも、もちろんおめぇにも背負わせねぇ。だから、おめぇも背負う必要はねぇんだ。ただ、伸ばしてきた手を繋いでやればいいんだ」

それでいい、と、勘一が言いました。

*

紺がやってきました。話ができるでしょうかね。

仏壇の前に座って、蠟燭とお線香に火を点けて、おりんを鳴らして手を合わせます。

はい、ありがとうございます。

「ばあちゃん」

「はい、お疲れ様。研人はどうだい」

「納得していたみたいだよ。ただ、ああいうことはきっとずっとついてくるものだよ」

「そうでしょうね。自分の人生と他人の人生。そればっかりは比べようもないからね。紺だって芸術家の端くれだからわかるんじゃないかい」

「文筆業は、独りだからね。仲間がいるわけじゃないけど、それでも研人の思いは理解はできるよ」

「親として、しっかり背中を見ていてあげなさいな。それにしても、かんなちゃんには驚かされるね。あんなに大人の話をしっかり覚えられるなんて」

「びっくりしたよ。まるでばあちゃんがそのまま喋ってるみたいだったからね」

「ちゃんと消しといてちょうだいね」

「大丈夫。じいちゃんも、納得していたみたいだね」

「蔵は、それこそあの人の人生みたいなものですからね。きっとこっちに来るときには、あなたたちにあとくされのないようにしますよ」

「わかってる。あれ？　終わりかな」

はい、ありがとうございました。寝る前にかんなちゃん鈴花ちゃんが布団を蹴飛ばしてないかどうか見ていってくださいね。

その人の人生はその人だけのもの、と言います。そして、人生はよく道に喩えられますよね。人生が道なら、同じ目的を持って歩く人同士の道は、きっとずっと並んで進んでいくのでしょう。人生の道は歩くごとにどんどんできあがっていくのでしょうけど、きっと人によって、その道の広さは違うのではないでしょうか。

一緒に歩いているつもりでも、ある人の道はどんどん大きく広がっていき、ある人の道は狭くなっていって、いつか先を見失うことが起こりそこで立ち止まってしまうものかもしれません。

それは、どうしようもないことでしょう。

先を見失って、隣の大きな道に足を踏み入れたとしても、その道は自分の道ではないのです。いつか歩く術さえわからなくなるのかもしれません。

でも、今までその人が歩いてきた道は、残っているのですよ。

振り返れば、自分一人でこうと決めて作ってきた道が、ずっとずっと歩いてきた道筋がそこにあります。自分の足跡がしっかりと残っています。それは時が経とうと決して消えるものではありませんよね。

たとえ進めなくなったとしても、振り返って、その歩いてきた道を確かめたところから、またどこか別の道筋が見えてくることだってあるはずです。

それが見えたときには、広い道を作りはるか先に行ってしまった、共に歩いた人の背中が見えるようになるはずです。

大きく手を振って、振り合って、お互いにいつまでもその姿が見えるようになるはずです。

どこの道でも、自分が決めたその道が、自分の人生。

それでいいのだとわたしは思いますよ。

㊰ アンド・アイ・ラブ・ハー

一

　もう毎年同じ言葉を繰り返していますが、毎日暑い日が続きます。

　夏は暑いものと相場が決まっているとはいえ、こうも猛暑日が続くと身も心もバテてしまいますよね。いえ、わたしはバテる身体がありませんし、生きているときの感覚で暑い気がするだけなので何ともないからいいのですけれど、まだこの世にいる皆さんは本当に大変ですよね。

　どんなに暑くても子供は元気に夏休みを楽しむものなんですけれど、花陽も研人も芽莉依ちゃんまでもだるそうにしているのは、三人とももう子供の時期が終わったということでしょうか。もう大学二年生に高校三年生ですからね。

　もくもく、という言葉は本当によく表したもので、真っ青の空にもくもくと湧いて出てくる大きな入道雲とその大きさに張り合うように高く響き渡る蟬(せみ)の声に、真夏が来たなという心持ちになってきます。

裏の裕太さんの家の庭の枇杷(びわ)が、今年は例年よりもずっとはるかにたくさん実って、皆で驚いていましたよね。まだ決まったわけではないのですが、ここに家を新築することになってもこの枇杷の木は残したいと、裕太さんも夏樹さんも言ってます。

夏に勘一が行く朝顔市ですが、今年はかんなちゃん鈴花ちゃんに加えて、芽莉依ちゃんも一緒に行ってきました。

何でも芽莉依ちゃん、小さい頃から我が家で朝顔を買って育てているのを見て、いいなぁと思っていたそうです。去年の夏に我が家にやってきて、初めて世話をしてましたけど、今年自分で買うのを楽しみにしていたとか。

毎朝の如雨露(じょうろ)での水やりは、かんなちゃん鈴花ちゃんに芽莉依ちゃん、それに夏樹さんところの小夜ちゃんも加わってやっています。

朝顔の数は、玲井奈ちゃんと小夜ちゃんも入れて女性陣全員の分を買ってきたので、亜美さんにすずみさん、花陽にかずみちゃんに池沢さんで全部で十鉢ですね。これも縁側に並べて伸ばしていきますから、大きく伸びてくれればいい日除(ひよ)けになるものです。クーラー嫌いだった勘一も、花陽の受験やら自分の体調やら何やらでクーラーを導入したので今年もある程度は家の中では涼しく過ごせますよね。

それでも、打ち水や葦簀に昔ながらの扇風機、縁側には簾や葦戸を立ててその向こうに朝顔の蔓、ガラスの水盆に金魚。最近でこそやらなくなりましたが、数年前までは盥に立てる氷柱をいつも用意していました。

工夫して涼しさを味わう昔ながらのものは、いろいろあるものです。そういうものは伝えていくことが大切ですよね。

そんな夏も盛りへと向かっていく八月頭。

相も変わらず堀田家の朝は賑やかです。

かんなちゃん鈴花ちゃんは、小学一年生になっても相変わらず自分たちの部屋から〈藤島ハウス〉へ研人を起こしに向かいます。ばたばたと廊下を走る足音が少しだけ大きくなってきましたよね。幼児から少女へとどんどん変わっていく時期です。足音も少しずつ変化していくでしょうね。

それでも研人によると、近頃は「けんとにぃ!」と、ダイブしてくるのは順番にひとりずつになったそうですよ。自分たちの身体が大きくなってきたのをちゃんとわかっているんでしょうね。そのうちに、いつか研人が言っていたように起こしに行くこともなくなるのでしょうか。

我が家の四匹の猫たち、玉三郎にノラにポコにベンジャミンは、もう朝から自分たちの決めた涼しい場所に寝転がっていて、かんなちゃん鈴花ちゃんが動き回っても騒ぎません。アキとサチもそうですよね。

毎年夏には犬猫たちの熱中症に注意しています。特に犬たちの散歩は、できるだけ早朝や陽が沈んで涼しくなってからするようにしています。アスファルトの照り返しで、犬が感じる温度は人間のそれよりもはるかに高いのですからね。

人間たちは、夏だからこそ暑さに負けないように、朝からしっかり食べなきゃいけません。台所では、亜美さんに花陽に芽莉依ちゃんが揃って、手際よく朝ご飯の支度を進めます。かずみちゃんにすずみさんもいるのですが、実は、かずみちゃんは、このところどうも手元が狂うことが多くなってきたのですよね。この間も包丁で指を少し切ってしまったのです。それ以外にも物を落としたりすることが多くなり、本当に老化かと皆が心配し、少し台所仕事を休ませたかったのです。

でも本人に直接そう言って、気持ちが塞ぎ込んでしまっても拙いのではないかと、花陽と芽莉依ちゃんに花嫁修業をさせるんだ、ということにかこつけて台所仕事を任せて、すずみさんと一緒に少しのんびりしてもらっているのです。一人で休ませているとあれですけど、すずみさんも台所に入らないので大丈夫ではないかと話し合いました。洗濯やお掃除は今まで通りやってもらっているのですけどね。

かんなちゃん鈴花ちゃんもお料理をしたがるようになってきたのですが、朝の忙しい時間帯にはまだ参加できません。お昼ご飯や晩ご飯のときには、スクランブルエッグを作ったり、そうめんを茹(ゆ)でたり、じゃがいもを潰してもらったりと、少しずつお手伝いしてもらっていますよ。今のところかんなちゃんよりは鈴花ちゃんの方が、お料理することに興味もセンスもあるようです。

朝の座る場所を決める、かんなちゃん鈴花ちゃんの席決めは、一時期芽莉依ちゃんにやらせていたのですが、最近は一人ずつ交代で決めるようになりました。

今日はかんなちゃんが決めていましたね。それも、さっさと何も言わずに箸置きを並べて、箸を手際よく置いていくのです。あまりにも手早くやるので、何も考えずにただ置いているんじゃないかと思いましたが、毎日座る場所が変わりますので、ちゃんと二人の間で決めているんですね。ときどき思い出したように芽莉依ちゃんに任せています。

この可愛らしい習慣も、いつまで続くのでしょうね。小学校も中学年から高学年になればすっかりお姉さんになりますから、あと二、三年なのでしょうか。そういえば今朝も藤島さんがいません。ここのところ随分とご無沙汰していますけど、お仕事が忙しくてこっちへ帰ってくる時間がないのでしょう。

今朝は、白いご飯におみおつけは玉葱に油揚げ。チーズとじゃがいものスライスを入れたオムレツ。ポテトマカロニサラダは昨夜の残り物ですね。よく冷やしたトマトをスライスしたものに、さやいんげんにパプリカとお茄子の炒め物。唐辛子を入れた辛めの金平牛蒡(ごぼう)に絹豆腐の冷奴(ひややつこ)に、焼海苔にひき割り納豆におこうこですね。

皆が揃ったところで「いただきます」です。

「今日は朝から蒸すなおい」

「花陽ちゃん、髪の毛伸びたね。暑くない？」

「今日はプールいってくる。さよちゃんもいっしょに」

「青、葉山の海水浴、コウさんと真奈美さんも一緒に行くなら人数多くないか？」

「あら、これはちょっと辛過ぎたかね。かんなちゃん鈴花ちゃんは食べないでいいよ」

「もうね、かんなはおよげるんだよ。なんとじゅうメートルも」

「いや、多い方がいいよ。皆ちっちゃいんだからさ。眼はいくらあってもいいよ」

「そろそろ切ろうかとは思ってたんだー」

「北海道のフェスに行きたかったなー。北海道涼しいんでしょ？」

「花陽ちゃん、一緒に切りに行きません？　私もカットしたいなーって思ってたんです」

「鈴花はからいのへいきだよ」

「そんな遠いツアーは学校卒業してからにしてちょうだいね。大変なんだから引率は」

「あ、水だけ新しくして餌入れるの忘れてたわ。はいはい、ごめんなさい」

「おい、チューブのワサビあったろう。ワサビ」

「あ、行こう行こう。夏期講習は何時までだっけ？」

「夏の北海道は最高だね。夏は北海道に冬は沖縄に住むのがいちばんじゃないかね」

「えさ、かんながあげるよー」

「鈴花はにゃんこにあげる」

「はい、旦那さんワサビです。豆腐につけるならつけすぎないでくださいね」

「それこそちょっとしたツアーだよな。小型バスをレンタカーした方がいいか」

「あ、もう猫たちにはあげたからね」

「旦那さん！　どうしてトマトにワサビをつけるんですか!?」

「さっぱりにさっぱりだろ。旨いぜ」

トマトもワサビも確かにさっぱりするものかもしれませんが、その二つが合うとは思えません。いえ、確かに生きているうちに合わせて食べたことはないので、ひょっとしたら美味しいのかもしれませんが。

この毎朝行われる勘一の味覚びっくりショウを、かんなちゃんと鈴花ちゃんが真似してゲテモノ食いになったら困ると思っていましたが、考えたら花陽と研人も勘一をずっと見てきたのに、変な食べ方はしませんよね。やはり大丈夫なんでしょう。

勘一がふとすずみさんを見ましたね。

「すずみちゃん、何か顔色悪くないか？」

「え？　そうですか？」

そう言われればそうですね。それにこのところすずみさん、具合悪そうにしていることがありますよ。老化ではないかと皆が心配しているかずみちゃんの方が、むしろ元気なぐらいですよね。

「夏バテじゃねぇか？　気をつけないとよ」

「あぁほら、おじいちゃん。すずみさんちょっと重いし、あれもあるからね」

亜美さんが言いました。いくら鈍感な勘一でも、女性の暮らしで重い、という言葉でわかりますよね。勘一も、そうか、と静かに頷きました。

実はすずみさん、子宮筋腫だったんですよ。先々月でしたかね。どうにも具合が悪くて婦人科の病院に行って判明しました。それは命に関わるような病気ではなく、婦人科の病としてはわりと普通にあるものだそうです。投薬で様子を見てはいるんですけれど、日常生活を送る上でなかなかに辛いものがあるみたいです。

「まぁでも無理すんなよ。仕事なんか休んでいてもいいんだからよ」

そうですよ。古本屋は勘一が一人いれば十分です。すずみさん、無理することはまったくないんです。

夏の恒例の葉山の海水浴の話をしていましたが、すずみさんは家でのんびりしている方がいいです。

脇坂さんの親戚が経営されている旅館に泊まったり、三鷹さんの会社の別荘も使わせて貰ったり、龍哉さんとくるみさんの家にもお邪魔しています。人数が多いので本当に団体ツアーみたいですよね。小さい子供だけでもかんなちゃんに鈴花ちゃん、小夜ちゃんに真幸くん、現地では三鷹さんの子供の愛ちゃんも待ってます。

花陽も芽莉依ちゃんも勉強に忙しく、研人はライブがいくつも入っています。特に芽莉依ちゃんは、今は受験生としての夏ですよね。夏期講習もありますし、海水浴なんてと思いがちですが、気晴らしも必要ですからちょっと考えてみてくださいね。

学生の皆さんが夏休みでも、社会人や近所に住んでいる常連の皆さんには関係ありませんね。今日も平日ですから、いつものように開店前から待っている人もいます。

「おはようございます！」

「おはようございます！」

すっかり朝一番に自分たちでカフェの雨戸を開けるようになったかんなちゃん鈴花ちゃんが、待っていてくれた人たちに声を掛けて、お店の中に迎え入れます。

「かんなちゃん鈴花ちゃん、今日も元気だねぇ」

「はい、げんきです！」

一年生になってから本当に急に受け答えもはっきりしてきました。字もすごく上手になってきたので、もうオーダーをちゃんと取れる日も近いですよね。

亜美さんと玲井奈ちゃん、花陽に和ちゃんもバイトで入っています。そしてかんなちゃん鈴花ちゃんもお手伝いできます。夏休みは働く方も賑やかになっていいですよね。

古本屋にはいつものように勘一がどっかと帳場に腰を据えます。

「はい、大じいちゃんお茶です」

「おう、花陽ありがとな」

今日は花陽がお茶を持ってきたのですね。

堀田の血を引く女性では、藍子がいない今では最年長の花陽。お店の手伝いができる小学生や中学生の頃には藍子がいましたからカフェに人手は足りていましたし、高校生の頃には医大受験で勉強ばかりでした。

ですから、しっかりとカフェの手伝いをするのは、意外や大学に入ってからなんですよね。ところで花陽も和ちゃんも医大生なのに、勉強しないでそんなにバイトしてていいのかと思いましたが、医大生の皆さんも、しっかりと普通のアルバイトをしているようですよ。むしろ普通の大学生よりも学費がかかるという切実な事情でお金を稼いでいる人も多いとか、花陽や和ちゃんが言っていました。

「ほい、おはようさん」

ガラス戸を開けて、今日は古本屋の方から入ってきた祐円さんです。何でしょうかそのゾンビが描かれているTシャツに、真っ赤な七分丈のパンツとビーチサンダルという出で立ちは。

「おはよう」

「なんだよ、せっかく気張っていいものを着てきたのにその愛想なしは」

「呆(あき)れてものも言えねぇんだよ。朝っぱらから毛だらけ皺々のスネなんか見せやがって」

　またこれもお孫さんの洋服なんでしょうね。祐円さんの〈お上がり〉はいつも個性的です。そういえばお孫さんはいくつになったんでしょう。

「よぉ今日は花陽ちゃんか」

「祐円さんおはようございます。コーヒーにします？　お茶にしますか」

「コーヒーでいいな。熱いヤツね」

　祐円さん、花陽の後ろ姿を見てから言います。

「しかしあれだね。勘さんよ」

「なんだよ」

「花陽ちゃんもさぁ、めっきり色っぽくなったよな。化粧っ気も出てきてよ。女らしくなったよな」

　勘一がぎろりと睨んだ後に、まぁな、と薄笑いしましたね。

「どこぞの男がそんなこと言ったらぶっ飛ばすところだが、おしめも替えたおめぇの言うこった。確かにな」

熱いお茶をずずず、と啜り、勘一も頷きます。

「麟太郎とは順調なんだろ？」

「らしいな。麟太郎の休みの日にはちゃんとデートしてるらしいぜ」

「けれど、結婚はなぁ。花陽ちゃんはあれでものすごい真面目な子だからな。きっちり医者になってしっかり働いてからじゃないかね」

勘一が苦笑いします。

「麟太郎はともかく花陽はまだ二十歳(はたち)だぜ。家族があれこれ考えるもんじゃねぇけどよ。でもな祐円」

「おう」

「ひいじいさんである俺としちゃあ、ぽっくり逝かねぇうちに花陽の花嫁姿は見てぇんだよな」

「だよな。俺もだよ同輩」

うむうむ、と二人して力強く頷き合います。この夏の暑さにもめげずに元気な幼馴染み同士ですが、これでもう八十半ば過ぎですからね。テレビなどを観ると九十五歳になっても元気でしゃんとしているご老人の方などが出てきますが、この二人もそんな感じになっていくんでしょうね。

「はい、祐円さんコーヒーです」

「サンキュ花陽ちゃん。おっ、それでよ勘一」

「なんだい」

「この間な、神主の集まりでよ。ちょっと三浦半島の先っちょの方へ行ってきたんだよ」

へぇ、と勘一頷きます。コーヒーを持ってきた花陽もにっこり笑いました。

「いいところなんですよね？　その辺り」

「先っちょっても広いぜ」

「三浦市だよ。油壺（あぶらつぼ）とかな。それでよ、そこで藤島の野郎を見かけたんだよな」

藤島さんですか。

「おめぇもよく藤島を見かけるよな。さんざん遊び歩いてんじゃねぇのか」

「そんなのはただの偶然じゃないか」

「仕事で行ってたんですかね。藤島さん」

花陽がお盆を抱えたまま言います。

「俺もそう思ったんだけどな。いや遠目のしかもバスの中から見たのではっきりとはしないんだけどね。年上の美女と一緒だったぜ。サングラスを掛けた」

「またそんなんかよ。どうせ仕事の相手かなんかだろ」

「そうかもしれんけどな」

頷きながら祐円さん、コーヒーを飲みます。

「しかしあいつの仕事の相手って美人ばっかだよな羨ましい。あの子も、ほら、すずみちゃんの同級生の」

「美登里さんですか？」

花陽が言います。

「そうそう、美登里ちゃんな。あの子もすっかり大人の女になってよ。藤島と並んで歩いてるのが絵になってたぜ」

「一緒に歩いてたのか？　藤島と美登里ちゃん」

あれ？　という顔を祐円さんしましたね。

「聞いてねぇか？　そんときは声掛けて話したけど、美登里ちゃんの事業で藤島の会社も提携するって言ってたぞ」

あら、本当にそうなったのですか。その話はまだ詳しくは誰も知りませんが、ひょっとしたらすずみさんは聞いているのかもしれませんね。

そのすずみさん、一度部屋へ戻ったのですが、なかなかお店に現れませんね。具合が悪いのでしょうか。心配ですね。ちょっと行ってみましょう。

すずみさん、部屋のソファで横になっていますね。でも、汗もかいていませんし、眼を開けてしっかりとしています。それほどひどくはないと思いますが、あぁ青が気づいて来てくれましたね。これで大丈夫でしょう。

＊

カフェのモーニングが一息つく頃になりました。

勘一が一人で古本屋の帳場に座っています。古本を買いに来たお客さんが三人ほどいらっしゃいますね。何度も来られている方たちみたいで、勘一が愛想良く相手をしています。

ちょっと前に春野のぞみちゃんがお店にやってきて、古本を選んで居間で座卓について読みふけっています。研人の後輩である水上くんがのぞみちゃんを撮った写真は、カフェのギャラリーからは外してしまいましたが、六年生になってまた大きくなって、あの写真よりもさらに大人びてしまいましたよね。

でも、真剣に本を読んでいるその表情やちょっとした仕草にはまだまだ子供の愛らしさがにじんでいて、こちらも何故かほっとしています。何せこのまま大人になったらどれだけの透明感ある美しさを醸し出してしまうのかと、ちょっとばかり不安になる女の子ですからね。

あの後、すずみさんはやっぱりちょっと仕事は無理そうなので、青と一緒に以前からかかりつけの婦人科の病院へ向かいました。

今頃は検査をしているでしょうね。ひょっとしたらまた長時間かかるかもしれません。以前の検査のときには、鈴花ちゃんが淋しがるだろうと心配したんですが、そこは大家族の良さでしょうか。お母さんがいないというだけで、泣き出すようなことは一切ありませんでした。

かんなちゃんがいつも以上に鈴花ちゃんの面倒を見ていたような気がしますが、勘の鋭いかんなちゃんが周りの状況をわかっているのかもしれません。

カフェから居間に上がった亜美さんがひょいと古本屋に顔を出しました。お客さんが本を買って帰られたのを確認しましたね。

「おじいちゃん、一息つきませんか？　私も休憩しますから」

「お、そうか。大丈夫か？」

「玲井奈ちゃん入ってくれてるので。のぞみちゃんもおやつ食べようよ」

「あ、ありがとうございます！」

青がすずみさんと一緒に出てますから、今は花陽と和ちゃんと玲井奈ちゃんですか。

亜美さんが冷蔵庫から葛餅（くずもち）を持ってきました。休憩のおやつでしょうけど、勘一は少しだけですよ。糖分の摂り過ぎは禁物ですからね。

居間で仕事をしていた紺も一緒に食べますか。

「かんなちゃんと鈴花ちゃんはどこ行った」

「親父と一緒に池沢さんのところだと思うよ。小夜ちゃんも一緒」

「あ、三保子さんも今日はお休みだからって一緒にいるはずよ。どこか買い物にでも行ったのかも」

小夜ちゃんのおばあちゃんの三保子さんですね。今はどこに行っててもすぐにスマホや携帯で連絡が取れるから便利ですよね。姿が見えない研人はきっとバンド活動でしょう。芽莉依ちゃんは受験のための夏期講習ですよね。

「すずみちゃんからまだ連絡はねぇか」

勘一が言います。

「ないね。病院だからスマホの電源は切ってるかも」

「青ちゃんが一緒だから大丈夫ですよ。身体は辛いでしょうけど」

亜美さんも昔にちょっとその気味がありましたよね。幸い今は何ともないようですけど。

「できるもんなら代わってやりてぇけどな。これぱっかりはな」

そうですね。若い人の病気は気の毒になります。心からそう思いますけど、勘一に婦人科の病気は絶対に無理ですね。

「かずみはどこ行った」

「部屋じゃないかな？」

「あいつも何だかときどきぼーっとしてるしよ。あれだよな、病気ってのは来るときにどどっと来るからな。お前たちも気をつけろよ」

紺が頷きながらも笑います。そういえば紺は昔から風が吹けばよろけそうな優男でしたけど、身体だけは丈夫ですよね。風邪などもほとんど引かずに、大病も大怪我もなく四十代になりましたよ。

「じいちゃんこそだよ。夏は本当に危ないからね。体調管理に気をつけないと。水分補給はしっかりね」

「おっと、藪蛇だったな」

からん、と、土鈴の音が響きました。古本屋の戸が開きましたね。勘一がおう、と言いながら腰を上げようとしたところを、紺が、僕が行くよ、と手で制して立ち上がりました。

「いらっしゃいませ。あれ」

紺の声が響きます。知った方でしょうか。

「今、留守にしているんだよ。どうぞどうぞ」

紺が戻ってきましたね。

「おぉ、美登里ちゃんか。入んな入んな」

やってきたのは、すずみさんの親友、美登里さんですね。

今日はいつものワーキングエプロンをせず、白いブラウスにジーンズというラフな格好です。お休みですかね。お仕事は土日祝日関係なく、シフト制だと話していましたから。

「すみません、お邪魔します」

長い髪の毛を後ろでくるりと纏めています。

「何か冷たいものでも。カフェにあるものなら何でもどうぞ」

亜美さんです。

「あ、じゃあお客さんになりますので、アイスカフェオレを」

「いいのよ。カフェに座ったらカフェのお客様だけど、居間に座ったらうちのお客様。うちのお客様に出すお茶でお金は取れないわ」

亜美さんが笑って言います。そうですよね。すみません、と微笑んで美登里さん、のぞみちゃんに顔を向けましたね。

「こんにちは」

「こんにちは」

あぁ、と、紺が声を上げました。

「初めましてかな？」

「そうですね」

「春野のぞみちゃんだけど聞いてるかな？」

あぁ！　と、美登里さんが手を軽く合わせました。すずみさんから話は聞いて知っていますよね。とても希有な文才を持っていて、なおかつこんなにも独特な美しさを持った女の子というのは。

「あなたがのぞみちゃん！」

のぞみちゃん、少し含羞んで頷きました。

「すごいわ。本当にきれい」

ますますのぞみちゃん恥ずかしがって、本で顔を隠してしまいましたね。

「美登里です。ここのすずみさんの同級生なの」

よろしくね、と微笑む美登里さんに、はい、とのぞみちゃんも頷きます。

「すずみちゃんに会いに来たんだよな？」

勘一が訊きます。

「そうなんです。でも、さっきこれから行くねってLINEしても既読にならなくてどうしたのかなって」

ちらりと周りを見ました。

「実はな、ちょいと具合が悪くなってよ。青が病院連れてったんだよな。だからスマホは見てねぇと思うんだ」

「具合って」

美登里さん、心配そうに顔を顰めます。

「知ってるだろうけど、婦人科のな」

「子宮筋腫ですか」

そうそう、と勘一が頷きます。そうですか、と美登里さん少し下を向きました。

「長引きそうですね」

「わかんねぇんだよな。まだ連絡は入んないんだ。まぁしかし、生き死にの問題じゃねぇって言うからよ」

「それはそうですね」

亜美さんがアイスカフェオレを持ってきました。そのままカフェに戻っていきます。休憩も交代ですね。

「そうそう、美登里ちゃん。何でも藤島と一緒に仕事をしてるっていうじゃねぇか」

アイスカフェオレを飲みながら、こくん、と美登里さん頷きます。

「藤島さん、話していましたか？」

「いや、まだ何にも聞いていねぇけど。祐円の奴が二人で仕事の打ち合わせをしていたってな」

あぁ、と美登里さん微笑みました。

「そうでした。上野公園のところでばったり会いました。ちょうど打ち合わせを終えて店を出たところで」

「どういう仕事をするの？　藤島さんのところと」

美登里さんの顔つきが少し引き締まりましたね。

「簡単に言えば私たちの事業のパートナーになってもらうということですね。私たちはNPOですから、経済的な利益追求はしませんけれど、それでもこの活動に従事するためのお金は必要です。ですから、藤島さんの教育関連事業のところと上手くパートナーシップが築ければ、長期的な活動指針が取っていけるんじゃないかと、そういう話をさせてもらっています」

なるほど、と勘一も紺も頷きます。


「あの、話は違いますけど、藤島さんは隣の〈藤島ハウス〉のオーナーなんですよね」

「そうだぜ。ネーミングセンスはねぇけど雰囲気はいいアパートのな」

何年経ってもそれを引っ張りますよね勘一は。

「かずみさんと、花陽ちゃん、研人くんが住まわれている」

「今はな。あぁ研人の彼女の芽莉依ちゃんも花陽と一緒だ。あと、池沢さんな。池沢さ

ん は前に会っていたっけ？」

いいえ、と美登里さん首を横に振りました。

「もちろん存じ上げていますけど、あのときにはお会いする機会はなかったです。あ、もちろんすずみから事情は聞いていますので大丈夫です」

「藍子とマードックがイギリスに行っちまったから入れ替わりさ。お蔭でこっちの家が少しばかり広く感じられるぜ」

ちらりと美登里さんが座卓に置いたスマホを見ました。まだすずみさんからの連絡はないようです。

「藤島さんはさ」

紺です。柔らかな笑みを浮かべて言います。

「結婚してないし子供もいないけれど、子供の教育関係や福祉方面にはすごく熱心な実業家だよ。利益はＩＴ関係や他の部門でとことん追求するけれど、その分を子供たちの未来のために注ぎ込んでいる。美登里ちゃんのところとはすごく相性がいいと思う。信頼していい人だから、どんどん頼っていけばいいと思うよ」

うむ、と勘一も頷きました。

「渋って四の五の言ってきたら俺に言いな。ここを出禁にするぞって脅せば何億もあいつは出すぞ」

皆で笑いました。そんな馬鹿な話はありませんけど、信頼していいというのは本当に間違いありません。どうしてあんなにいい人が、生き馬の目を抜く日本の、いえ世界のＩＴ企業のトップを務められるのか不思議ですよね。

二

夜になりました。

のぞみちゃんはいつものように暗くなる前に家に戻りました。美登里さんも結局あの後にすぐ帰っていって、その一時間後ぐらいに青から連絡が入り、とりあえず診察が終わり二人して戻ってきました。

すずみさんも元気になっていて、夕方に少しお店に出て働いていました。食欲もあったようですし、青も本人も大丈夫と言って、皆が安心していましたね。

美登里さんには、すずみさんがちゃんと電話していましたよ。その様子も笑顔で元気に話していましたから大丈夫でしょう。

晩ご飯も終わり、お風呂に入って、かんなちゃん鈴花ちゃんが、おやすみなさーい、といつものようにユニゾンで皆に言って、二人で二階の自分たちの部屋へ向かいます。まだ一年生ですから、寝かしつけるのにどっちかのお母さんが一緒に行くことが多いのですが、今日は亜美さんが向かいました。二人とも寝つきも寝起きもいい本当に子育てに助かる子なんですよね。行ったと思ったら五分で亜美さんが戻ってきました。

それぞれの部屋がこの家と〈藤島ハウス〉でばらばらになっている我が家ですから、こうして夜になって皆が居間に集まっているということはあまりありません。何せ普通の家族より大人数ですからね。お風呂に入ったりそれぞれの部屋で過ごしたりと、いつも誰かが居間にいて、誰かがいません。

それでも、今夜はこの時間、たまたま皆がいました。研人が台所で冷蔵庫から飲み物を出したり、勘一が仏間の押し入れから何やら引き出そうとしていたり、我南人が何に使うのか新聞紙を束ねていたり、ばらばらなことをしていましたけれど、いました。

花陽と芽莉依ちゃんが一緒にお風呂から上がってきたときに、今日はお風呂に入れなかったすずみさんが、きょろきょろと居間を見回します。

「青ちゃん」

青が、うん？　とすずみさんを見て、その表情でわかったようですね。

「言うか」

「うん」

何を言うんでしょう。

「あのさ」

青がちょっと声を張って言います。皆が青の方を振り向いたり見たりしましたね。

「ちょっと話があるんだけど、皆座ってくれないかな」

なんだなんだと皆がぞろぞろと座卓の周りに集まります。青の様子からそれほど深刻な話ではないと察することはできますけれど。青とすずみさんが並んで、勘一に我南人、紺に亜美さん、かずみちゃんに、花陽と研人に芽莉依ちゃん。かんなちゃん鈴花ちゃん以外は全員いますね。

「すずみさ、また病院に検査に行ってたじゃないか。子宮筋腫の」

青が言います。勘一が少し慌てたように手を動かします。

「まさか命に関わるようなものになったんじゃねぇだろうな」

「大丈夫よ勘一」

かずみちゃんが言います。

「子宮筋腫は腫瘍だけど良性のもの。前にも言ったろう。女性ならね、結構な割合の人に多かれ少なかれあるものなんだよ。子宮にできる瘤(こぶ)みたいなものさ」

「そうか。大丈夫なんだな?」

「大丈夫です旦那さん」

すずみさんが笑顔を見せましたね。

「でも、今日の検査でも確かめたんですけど、私の場合はかなり重いものなんですよ。

投薬治療はしていたんですけど、このまま続けても大げさに言うと病人みたいな生活をしなきゃならないかもなんです。激痛があったり不正出血があったり。でも、手術したら劇的に治るんです」

かずみちゃんはもちろん、亜美さんも、そして花陽もわかったみたいですね。芽莉依ちゃんも気づいたでしょうか。

「子宮全摘術だね」

かずみちゃんが言って、すずみさんが頷きます。

「つまり、その手術をするといろんな症状が改善されて元気になるけれど、もう妊娠はできないってことだよ勘一」

うむ、と、勘一、難しい顔をしながら頷きます。我南人も、うんうんと頷きました。

「その他にも手術の仕方はあるんですけど、再発の可能性があったり、妊娠しても流産する可能性が高くなったり、いろいろ弊害が残るんです。それで、私決めたんです。青ちゃんと相談して」

すずみさんと青が顔を見合わせて、頷きました。

「私、健康でいられる方を取りたいんです。毎日笑顔で元気で、そして長生きして皆と一緒に過ごしたいんです。だから、子宮を取る手術を選びます」

すずみさんの選択ですよね。

パートナーとして生きる青も納得の。

「わかった」

勘一が、静かに言います。

「そうすずみちゃんと青が二人で決めたんなら、俺らがどうこう言うこっちゃねぇさ。手術自体は絶対に成功するんだろ？　かずみ」

「大丈夫だよ。そりゃあ人間の身体のことなんだから、後々も百パーセント絶対の保証はないさ。それでも、何度も言うけど急に生き死にの問題にはならないよ。そしてきっと今よりもすずみちゃんは暮らしやすくなるはずさ。安心しなさいな」

「そうか」

「大丈夫です。私、そこ以外は身体もメンタルも鋼のように丈夫なんですから」

いつもの、いくつになっても愛らしい笑顔ですずみさんが言います。そうですよね。本当にいつも明るい、まるで太陽のようなすずみさんです。

「あ、それでですね。何か大変なことをついでのように言うので、ちょっと気が引けるんですけど」

「なんだよ、まだあるのか」

すずみさん、手をひらひらとさせました。

「私のことじゃないんです。美登里なんですけど」

「美登里ちゃん？」

紺が首を傾げました。

「実はあの子、数年前に私と同じように手術しまして、妊娠できない身体になっているんです」

「あら、そうだったのかい」

かずみちゃんです。皆もちょっと驚きましたね。

「今回の私の件で、もしも美登里がいるときにそんな話題になったら、そして後から説明するのも、ちょっと気まずい思いをしちゃうから先に言っておいた方がいいね、って美登里とさっき話したんです」

それは、確かにその通りですね。

勘一も、ぽん、と座卓の端を打ちました。

「了解した。覚えておくぜ。皆も気をつけてな。特に男たちはな」

勘一がいちばん心配なような気がしますけどね。

「それで、手術の日程とかは決めてきたの？」

紺が訊きました。

「まだ具体的には。この後もう一度検査をして、そして先生のスケジュールもあるけど、たぶん一ヶ月か二ヶ月後までにはって話をしてきました」

「ついでみたいになってなんだけどね。皆、私も話があるんだよ」

かずみちゃんです。

「そうか」

「お前もか」

何でしょうね。

「私はね、施設に入るよ」

「え?」

「あ?」

施設ですか? 皆が口を開けて驚きます。

「施設、って何だよおい。何の施設だ?」

勘一が本当にわからない、というふうに顔を顰めて訊きましたね。

「介護も医療施設も付いた、いわゆる老人ホームだね。神奈川にあるんだよ。そこに入居することを決めてきた」

「おいおいかずみ」

勘一が慌てます。皆も、同じように慌ててます。それはそうですよ。わたしも初耳です。老人ホームだなんて、かずみちゃんはまだまだ全然元気なのに。

「え、どうしてかずみちゃん。どこも悪くないよね?」

花陽です。かずみちゃんは、花陽の方を向いて微笑みました。

「あのね、眼が見えなくなっているんだよ。私は」

「眼？」

研人が声を上げました。

「わかった！　かずみちゃん、それでだ。けっこう前に、家の中を歩くときによくぶつぶつ言ってたのは」

「ぶつぶつ？」

「何だそれ」

皆が首を傾げます。どうやらそれに気づいていたのは研人だけですか。

「歩数を数えていたんでしょ！　違う？」

あぁそうですか。研人が以前勘一と祐円さんに言っていましたね。かずみちゃんが何か言いながら歩いているって。

「よくわかったねぇ研人。気づかれていたとは思わなかったよ。その通り。見えなくなってきたからね。たとえばそこの縁側の歩数を数えて、家の中ならどこにもぶつからないで歩けるようにしていたんだよ。ここは曲がる、とか、階段は何段ある、とかね。お蔭様で今ではそれこそ眼をつむっていたってどこにもぶつからないで歩いていけるよ」

「しかし、眼って、何だよ。どんな病気だよ」

勘一が言います。

「白内障と、緑内障、両方だね。別に珍しいこっちゃないんだよ。花陽ちゃんならもう習ってるかね。白内障なんて老人になれば誰もがかかるもんさ」

「でも、手術はできる」

花陽が言います。

「私の緑内障はもう手術じゃどうしようもないのさ。進行を食い止めるだけで、また手術しなきゃならなくなるかもしれない。さすがに眼科は専門じゃないけれど、ちゃんと専門の病院で検査して担当医と話し合ってね。自分では全部わかってるよ」

「いつの間に病院なんか行ってたの？　俺たち全然気づかなかったよ？」

青が言いました。わたしもですよ。

「そりゃあ皆が仕事をしている最中にだよ。まさか私が家事をしていない間、ずっと部屋に籠ってるとでも思っていたかい？　まぁ随分前から〈藤島ハウス〉にいたから、私がいつ外出したかなんて、わかんないだろう」

確かにそうです。家の中からいなくなればどこへ行ったのかと思いますが、かずみちゃんの場合は向こうの部屋にいるんだな、となりますからね。

「今、もう見えないの？」

花陽が訊きます。

「昼間はまだ大丈夫だよ。覚えておきなさい。まぁ人によって感じ方は違うだろうけど、私の場合は眼の前にレースのカーテンが掛かっているみたいなものさ。夜になるとね、花陽ちゃんの可愛い顔もほとんどわからないんだよ。特に芽莉依ちゃんと花陽ちゃんは姿形が似ているからね。そこにいるのはわかるけれど、さてどっちかなって毎日考えてるよ」

「馬鹿野郎、かずみ！」

勘一、顔を真っ赤にして、震えながら声を荒らげます。

「何勝手に決めてんだよ家族だろうがよ！　たとえ眼が見えなくなったってよ、おめぇの面倒ぐらいこの家で俺が見るぞ！　手を引っ張って俺の身体に括り付けたって面倒を見てやるから、老人ホームなんざ今すぐ断ってこい！」

「ごめんだね」

かずみちゃん、きっぱりと、でも笑顔で言いました。大声を出した勘一も、それでもう何も言えなくなりました。

「冗談じゃないよ。だれがあんたとお手て繋いであんよをしたいってんだい。それに勘一さ。順番から言えばあんたが私より先に死ぬんだからね。あんたが死んだら誰が私の面倒を見てくれるんだい。この中の誰かに、まだ未来も希望もたくさんある若いのに私を押し付けるのかい？」

むむぅ、と勘一唸って、黙り込んでしまいます。確かにそうです。かずみちゃんは勘一より十歳程も若いんですから。

かずみちゃん、微笑んで皆を見回します。

「事前に相談したら勘一はこう言うのがわかっていたからさ、誰にも言わないで決めてきたんだよ。ごめんね、冷たいおばあちゃんで」

「いいよぉかずみちゃん」

我南人です。さすがにこの男も、少し口調がしょんぼりしちゃっていますね。

「その通りだよねぇえ。親父が死んだ後どころか、僕は今だってかずみちゃんの世話なんかできないしねぇ」

「あんたはギター弾いてれば、それでいいんだよ。そういう星の下に生まれた人間なんだから」

「かずみさん、そういうところってけっこうなお金が」

亜美さんです。

「お金のことは気にしなさんな。これでも長年医者をやってきた人間だよ。老後のための蓄えを使ってもう入居一時金も払い込み済みでね。あとは引っ越しするだけ。引っ越しと言っても向こうの部屋には何もかも揃っているから、こっちの部屋の片づけだけ。それはね、ちょぃと皆の手を煩わさないとできないもんだからさ。お手伝いをお願いするよ」

「いや、でもかずみちゃん」

紺です。

「手伝いはいくらでもするけどさ。ああいうところは、契約に保証人とか身元引受人とか必要だよね。うちの誰にも言わずになんてどうやって」

にこり、と、かずみちゃん微笑みました。

「紺ちゃん、実は私は天涯孤独の身の上なんだよ。親族なんて、一人もいないんだ。そうだよね勘一」

「家族だよおめぇは」

「家族だけど、戸籍には入っていないからね。法的な親族は一人もいないってことなんだ」

「そうだったの？　じいちゃん」

青に言われて、勘一が唸りながら頷きました。

「親父が引き取ったけれど、養子にしたわけじゃねぇんだよ。だから名字も大山のままだろ？」

そうです。お父さんの遺志を受け継ぎ医者になって世のため人のために尽くすのだから、名字を変えることはよしとしなかったんですよね。

「つまり身元引受人は誰でもいいわけなんだ。まぁ勘一には内緒にしてくれそうな我南人も考えたんだけど、今一つ信用できないし、他の皆も勘一に嘘はつけないだろうしね。どうしようかと思ってたらうってつけの人がいてね」

「誰ですか？」

芽莉依ちゃんが訊きます。

「藤島さんだよ」

勘一の口が、パカッと開きました。

「驚くことはないだろう。何せ、私の今の大家さんだ。店子が引っ越しを決めたら、大家に言わなきゃならないだろう？」

確かにそうですね。

「ひょっとしてそれか！　祐円の野郎が藤島が三浦にいたのを見たってのは」

「あら、そうなの？　祐円さんが？　そうなのかもね。一緒に行ってもらって契約したときかね」

そんなことをしていたのですね。そして藤島さんには口止めしていたんですね。

「藤島さんを怒るのはお門違いだからね勘一。あの人は本当にいい人だね。親身になって、わざわざ一緒にどんな施設かって見に行ってくれたほどだよ」

「あいつが良い奴だなんて、俺がいちばんよく知ってるさ」

勘一が、諦めたようにぶっきらぼうに言います。

「それでさ、勘一」

「何だよ」

「一緒に一度見に行かないかい？　私の終の住み処をさ。別に隔離されてるわけじゃないんだから、誰だって遊びに来たり泊まったりもできるからさ」

＊

かずみちゃんが決めてきたという老人ホームに、勘一とかずみちゃん、それに紺と花陽が一緒に行くことになりました。

もしもこの先に勘一がどうにかなってしまったら、紺や花陽の世代がかずみちゃんに会いに行ったりすることになりますからね。もちろん、わたしもついていきましたよ。

電車とそして駅からは施設専用の送迎バスで簡単にたどり着くことができました。

神奈川県の、三浦にある老人ホームです。港が近くて、そして小高い丘の上に建っているまるでマンションみたいな施設です。

「すごいなこりゃ」

勘一が呟きます。わたしも同じ言葉を繰り返しましたよ。

老人ホームのイメージがまるで変わってしまいます。きっと今はこうなのでしょうね。

入居施設が何棟もあるんですよ。聞けば全部で十棟もあるとか。本当に巨大なマンション群と言ってもいい広さと大きさです。

使いやすそうなきれいで大きなロビーに、ほとんどの部屋からは海が見えるそうです。きちんと見学の手続きを取っていたので、個人の部屋以外はどこでも自由に見ることができました。

「食堂もレストランみたいだよ」

花陽が言います。広くてきれいで、しかもここからも海が見えるのですよね。まるで海沿いのレストランで食事をしているみたいです。ここで朝食昼食夕食と全部食べられるわけですね。

各部屋にキッチンがありますから、そこで自分で食事を作ろうと思えば作れるわけですが、もしもわたしだったら作りませんね。毎日ここに食べに来ますよ。

花陽は隣にある医療施設に興味津々でしたね。そちらの見学は奥までは行けませんでしたけど、入居者が病気になってしまったときに、病室での入院や介護ができるようにもなっていたんです。もちろん、専門のお医者さんも看護師さんも常駐していました。

かずみちゃんが入居する部屋も、見せてもらいました。

それほど大きくはなく、１ＬＤＫです。それでも、一人暮らしのマンションとまるで変わらない設備と広さ。

「〈藤島ハウス〉とそんなに違わないよね」

紺が言いましたがその通りですね。きれいなキッチンにバス、トイレ。何かあったときのための呼び出しボタンやセンサーなども完備です。

「安心したろう？」

かずみちゃんが微笑みます。

「眼が本当に見えなくなっちまったらどうするんだよ」

「介護専門の人がちゃんといるよ。それでなくても勘一。世の中には眼は見えずともちゃんと一人で生活している人もたくさんいるんだよ？」

その通りですね。

「それまでに、せいぜいここで一人で暮らせるように訓練するさ。歩数を計ってね」

三

勘一たちがかずみちゃんの終の住み処になるホームを見学してから、一週間が過ぎました。その間に、かずみちゃんの部屋の片づけが、女性陣の手で進められ、明日はかずみちゃんが引っ越していくという夜です。

晩ご飯の後片づけをしているときに、かずみちゃんが言いました。

「ねえ、亜美ちゃん、すずみちゃん」

「はいはい」

「今晩、後からでいいからちょいと私の部屋へ来てくれないかい」

亜美さんとすずみさんが何だろうという顔をしましたが、すぐに頷きました。珍しいですね。かずみちゃんがこの二人を部屋に呼ぶなんて。

「いいですよ。何時頃にします？」

「かんなちゃんと鈴花ちゃんが寝てからでいいよ。二人でこっそり来ておくれ」

笑いながらかずみちゃんが言いました。こっそり行くのはちょっと無理ですけどね。〈藤島ハウス〉には花陽も研人も芽莉依ちゃんも、そして池沢さんも玲井奈ちゃんたちもいますからね。でも、できるだけ内緒にして来てほしいということでしょう。

何か話があるんでしょうね。向こうのホームに行く件だとは思いますが。亜美さんもすずみさんも、ちょっとだけ唇を引き締めて、頷きました。

かんなちゃん鈴花ちゃんが寝息を立てている午後十時過ぎ。亜美さんとすずみさんが連れ立ってそっと家を出て〈藤島ハウス〉へ向かいました。わたしもちょっと行ってみましょうか。かずみちゃんがどんな話を二人にするのか、気になりますよね。

〈藤島ハウス〉の表玄関は、入居者が鍵で開けないと開きません。もちろん入居者は全員表玄関の鍵を持っていますけど、堀田家にも用事があったときのために置いてあるんですよ。

玄関先で靴を脱いで廊下を歩いてそれぞれの部屋へ行くスタイルなのです。一足先にかずみちゃんの部屋にお邪魔すると、お湯を沸かして紅茶を淹れる準備をしていました。かずみちゃんも、勘一と同じで夏も冷たいものはほとんど飲みませんよね。日本茶ではなく紅茶を好んで飲むのは、ひょっとしたらわたしの義父、草平さんの影響かもしれません。イギリスに留学経験もあるお義父さんは、紅茶が大好きでしたからね。

トントン、という控え目なノックの音が聞こえました。かずみちゃんが、ドアを開きます。

「お邪魔しますー」

小さな声で言って、亜美さんとすずみさんが入ってきました。こちらの部屋は全室にエアコンが付いていますから、夏でも冬でも快適ですよ。

「どうぞ、もう何もないけど座ってね」

皆で片付けた部屋には本当にもうほとんど何もありません。布団が一式と、あとは小さなテーブルの前にクッションが置いてあります。これらは明日花陽と芽莉依ちゃんが自分たちの部屋に持っていくことになっています。布団は我が家で引き受けますよ。

紅茶を二人に出してあげて、かずみちゃんもテーブルの前に座りました。

テーブルの上には、小さな赤い箱が載っていますよね。これは何でしょうか。かずみちゃん、ちょっと微笑んで二人に向かって言います。

「実はね。お願いがあって二人を呼んだのよ」

「お願い」

亜美さんとすずみさんが顔を見合わせます。

「何か水臭い言い方ですけど、私たちにできることだったら何でも」

亜美さんが言って、すずみさんも頷きました。

「簡単なの。この箱に入っているのは、手紙と写真なのね」

紙の箱ですよね。

「私が死んだときにはね。この箱を棺桶の中に一緒に入れてほしい。中身を誰にも見せないで、そして言わないで」

「そんな縁起でもない」

すずみさんです。

「あぁ、もうそんな年なのよ。もちろんまだ十年生きる可能性もあるけれども、私はこれでも医者だからね。そのくせ非科学的な言い方になっちまうけど、感じとしては十年は無理だろうね」

亜美さんもすずみさんも顔を顰めます。十年経つと、かずみちゃんも八十半ばを越えます。確かにそこで亡くなっても大往生と言われるかもしれないですけれど。

「勘一は十年どころかあと二十年も生きて百歳越えるかもしれないけどね」

　皆で笑いました。二十年なら確かに百歳を軽く越えますね。

「赤い箱で目立つでしょ？　これは私の部屋のどこかの引き出しにでも入れておくから、向こうで死んだときにはどっちかがこれを必ず持って、棺桶に入れてちょうだいな。面倒くさいお願いになっちゃうけどさ」

「それぐらい、何でもないですけどかずみさん」

　亜美さんです。

「どうしてそこまで？」

　かずみちゃん、うん、と頷きます。

「中身は写真と手紙って説明しても、どんなものか見たくなるのが人情ってもんだろう？　ましてや死んじまったんだから見ても文句は言わないだろうってことになっちまう。そうしてほしくないんだよ。それこそ勘一が生きているうちにはね」

　勘一ですか。亜美さんもすずみさんも首をちょっと捻ります。

「つまり、旦那さんに見てほしくない手紙と写真ですか」

　かずみちゃんが頷いて、手を伸ばしてそっと箱の蓋を開けました。中には確かに手紙の束があります。その束を取ると、いちばん下に写真がありました。

「あら」

二人で同時に声を上げました。勘一の写真ですね。それも随分と古いものです。まだ若い頃の勘一と、まだ少女の頃のかずみちゃんが二人で写っている写真ですよ。

懐かしいですね。でも、この写真はいつ撮ったものでしたかね。かずみちゃんが十歳ぐらいに見えますから、わたしと勘一が結婚した頃のものでしょうか。

「おじいちゃん、若い！」

亜美さんとすずみさんが写真を見て大喜びします。

「かずみさんも、すっごくカワイイ女の子！」

「でしょう？」

かずみちゃんも笑いました。

「二人で写っているのは、これ一枚切りしかないのさ」

「え、ちょっと待ってくださいかずみさん」

亜美さんが少し慌てたように言います。

「この写真と手紙を焼いてくれって、それって」

わたしも、今気づきましたよ。かずみちゃんが、ゆっくりと頷きました。

「この手紙はね。私が堀田家を離れてから戻るまでの間に、時折書いて出さなかった手紙なんだよ。中身は、まぁ一種の恋文だね。ラブレター」

「ラブレター」

二人で同時に繰り返しましたけど、実はわたしも言ってしまいました。ラブレターですか。勘一にですか。

かずみちゃん、薄く微笑んで手紙を見ています。

「勘一に初めて会ったのは、私が九歳で、勘一は十八、九だったかな。十ほども違ってね。私は空襲で家族も何もかも全部失ってしまった子供。縁あって堀田家に拾われたんだ」

二人が頷きました。それは皆が知っていますよね。血の繋がりこそありませんが、かずみちゃんは家族でしたよ。

「小さい頃はね。勘一は強くてたくましくて優しくて、それはもう本当に格好良いお兄ちゃんみたいで、随分慕っていたんだよ」

「聞いてます。祐円さんなんかもよくそんな話をしてくれたわ」

亜美さんが言います。そうですね。祐円さんもずっとかずみちゃんの良きお兄ちゃんをしてくれていましたよね。

「そうしてすぐにサッちゃんが堀田家に来たんだよ。それはもう美人さんでね。私はお兄ちゃんに続けてきれいで優しいお姉ちゃんもできたって本当に喜んでいた。その二人が結婚したのもすごく嬉しかった。二人の結婚式で歌を唄ったのを今でも覚えているよ」

〈マイ・ブルー・ヘブン〉でしたね。邦題は『私の青空』です。わたしもよく覚えています。写真を撮っているときでしたね。マリアさんが歌い出して、かずみちゃんがそれに続いて、皆で歌って。

「そしてね、大きくなるとね。私の勘一を兄と慕う気持ちは、これは恋心だったんだって気づいたんだ」

亜美さんとすずみさん、小さく頷きました。

びっくりしました。まさかかずみちゃん、わたしが聞いてるとは夢にも思わないでしょうが。

「私は小さい頃から、死んだ父の後を継ぐ医者に、女医になるって決めていたからね。でもあの時代に女が医者になるってのもなかなかに大変だったのさ。だから、そういう気持ちは封印することができた。ましてや、私はサッちゃんも本当に、本当に大好きだったからね。二人の間に割って入ろうなんて思ってもみなかった。でもね」

手紙の束を見ました。

「一人で無医村を渡り歩いて、病気の患者を診て、自分の恋とか結婚とかそんなのには見向きもしないで、ただただ医療のために尽くす毎日の中で、とんでもなく人恋しい気持ちになるときがあったのさ。勘一に会いたいってね。そういうときに、この手紙を書いていたんだよ。決して出すことのない手紙。だから、宛名も書かなかった。うっかり誰かに見られて気を利かせて投函されても困るからね」

それで、封筒には入っているものの宛先も何も書いていなかったんですね。

「この手紙と、写真は、私が私の人生で唯一、それこそ我南人じゃないけど『LOVEだねぇ』って言えるものだったんだよ。決して誰にも知られたくないね」

「だから、亡くなったら一緒に」

すずみさんが言うと、かずみちゃん頷きます。

「生きてる間に焼いちまうのは、無理だからね。ましてや写真の二人はまだ生きているんだからね」

そう言ってかずみちゃん笑いました。

「わかりました」

亜美さんが言います。すずみさんも唇を引き締めて、頷きました。

「安心してください。かずみさんがもしも天に召されたときには、間違いなくこの箱ごと棺に入れて燃やしますから」

「ありがとね」

「かずみさんが、ほとんど家に帰ってこなかった理由は草平さんとの約束もあったんでしょうけど」

すずみさんが言うと、かずみちゃん苦笑いしました。

「そうだね。これもあったね」

「でもかずみさん。これをどうして私たち二人に?」

亜美さんが訊くと、かずみちゃん、にっこり笑いました。

「まさか男どもには頼めないでしょ? 何よりも、亜美ちゃんとすずみちゃんは私と同じで、他所(よそ)から来て堀田家を愛した女だからね」

この身はどこでも行けて、誰の話もこっそりと聞けますけど、これは本当に申し訳なく思えてきました。

でも、かずみちゃん。これも誰にも言ってない、初めて言うことですけど、わたしは、何となくわかっていましたよ。

かずみちゃんがほとんど帰ってこないのはお義父さんとの約束を守っているんだろうけど、きっと勘一のことが好きだったからだろうなって。そんなふうに思ったことが何度もありました。

まだ早いですけど、あの世で会ったときには話しましょう。その手紙と写真のことを。

*

翌朝です。

いつもの朝なのですが、今日でかずみちゃんがいなくなってしまいます。でも、勘一以上に湿っぽいことも煩わしいことも嫌いなかずみちゃんです。皆がわかっていますから、いつも通りに賑やかな朝ご飯を済ませました。

かずみちゃんは、言いました。皆で見送るのも結構、向こうまで送っていくなんてってのほかと。皆の予定通りに、いつも通りに過ごしてちょうだいと。

カフェはいつも通りにモーニングのお客さんでたくさんです。亜美さんに花陽に和ちゃん、青にかんなちゃん鈴花ちゃんもお手伝いしています。

紺も、居間でいつも通りにノートパソコンを広げました。かずみちゃんは一人一人に軽く手を振って、じゃあねと声を掛けて、古本屋の帳場の横に立ちました。

「明日死ぬわけじゃないんだからね。まだ昼間はしっかり眼が見えるんだから。勘一、ちゃんとお店をやってなさいよ」

かずみちゃん、にっこりと笑って、古本屋の帳場に座った勘一とその後ろにいるすずみさんに言います。

「おう、わかってる」

「草平ちゃんが私に言ったわよ。帰ってくる時間があるなら、その時間を私を必要としている患者さんのために使いなさいって」

「そうだな」

勘一も笑って頷きます。

お義父さんが、かずみちゃんが家を出ていくときに贈った言葉です。

無医村で、医者を必要としている人たちのために働き続けると誓ったかずみちゃんへ、そう言ったのですよね。だからかずみちゃんは、何十年もほとんど帰ってこなかったんです。お義父さんやお義母（かあ）さんが亡くなっても、我南人が結婚しても、藍子や紺や青が生まれても、花陽や研人ができても、おめでとうの葉書を送ってくるだけだったんですよ。そこにあったもうひとつの本当の理由を、かずみちゃんの口から聞いたのはつい昨日の夜ですけれど、それは、亜美さんとすずみさんと、そしてわたしだけの秘密ですね。

少なくとも、かずみちゃんと勘一があの世で再会するまでの。

「私も言うわよ。たかが人一人出て行くだけなんだから、しっかり商売をしなさい。ここを必要としている人たちが必ずいるんだからね」

「おう。達者で暮らせよ」

「勘一もね。心配しないでも、向こうに慣れたらまた会いに来るわよ」

そう言って、かずみちゃんは一人で颯爽（さっそう）と古本屋のガラス戸を開けて、足取りも軽やかに出て行きました。

いつでも会えます。

わたしもホームまで行ったので、一瞬でそっちに会いに行けます。わかってもらえないのは少し淋しいですけれど、いつまでも見守っていますからね。

*

二、三人ぐらいは楽に入れる広さが自慢の我が家のお風呂です。

夏こそお風呂に入るべきだとお義父さんもよく言っていました。暑いからとシャワーなんかで済まさないでしっかり入った方が、身体にも心にも良いと聞きますよ。

大人数ですからお風呂に入る順番も大変ですけれど、大体はいちばん小さいかんなちゃんと鈴花ちゃんが、お母さんである亜美さん、すずみさんと先に入ります。お父さんたちとも入ることはありましたが、ここのところはいつもお母さんですね。

その後に他の女性陣が入ることが多いので、今まではかずみちゃんと花陽と芽莉依ちゃんが入っていましたよね。

でも、かずみちゃんは行ってしまいました。今夜は花陽と芽莉依ちゃんが二人で入って、上がってきましたね。

「お風呂どうぞー」

湯上がりの芽莉依ちゃんと花陽が同時に言います。二人とも髪の毛が長いですから、頭にバスタオルを巻いていますね。

風呂上がりの女には二度惚れ直す、なんて言葉がありますが、研人はどうなんでしょう。毎日毎晩、自分の彼女の風呂上がりの姿を見るというのは、若い男の子としては。

でも、この子たちはもう小学校の頃からずっと一緒でしたから平気なんでしょうか。

いつもならそれぞれの部屋でばらばらで、お風呂が空いたことを告げに行ったりするのですが、かずみちゃんを見送った夜だからでしょうかね。男性陣も全員が居間であれやこれやと話しながら過ごしています。

「誰が入るんだろうね」

勘一が、どれ風呂に入るか、と、立ち上がろうとしたときに研人が言いました。

「俺が入るぜ？　一緒に入るか？」

「いや風呂じゃなくて」

「誰がどこに入るって？」

紺です。

「かずみちゃんの部屋だったところ。入る人は決まってるみたいなことをかずみちゃん、言ってたよね」

おう、と答えて勘一が座り直しました。

「そういやぁ言ってたよな」

「全然知らない人だったら、ちょっとおもしろいかもね」

青です。

「まぁ普通のアパートはそうよね」

かんなちゃん鈴花ちゃんを寝かしつけて戻ってきて、トマトジュースを飲んでいるすずみさんが言いました。

「僕が移ってもいいんだけどねぇえ」

「まぁ藤島が大家なんだからな。おかしな奴に貸すことはないと思うがな」

裏玄関が開く音がしましたね。

「ごめんください。お邪魔します」

あら、噂をすれば藤島さんの声ですね。いつも夜に〈藤島ハウス〉に帰ってくると顔を出しますけれど、今日は早かったですね。慣れた家ですから誰も迎えに行きません。

藤島さんもそのまま入ってきます。

「お帰りなさい」

「お帰りー」

「ただいまです」

それぞれに藤島さんを迎えます。今日はスーツを着ていません。いつも部屋着に使っているベージュの薄手のカーゴパンツにモスグリーンのカットソーというラフな出で立ちですから、一度〈藤島ハウス〉の自分の部屋で着替えてから来たのですね。

縁側の方に座っていた我南人がちょっと動いて、藤島さんが隣に座りました。

「晩飯は食ったのか？」

「ええ、済ませました」

「お茶にする？　それともコーヒー」

亜美さんが訊きます。

「あぁお茶がいいですね。すみません」

藤島さんも最近はこの夏の熱帯夜でも、熱い日本茶を飲むようになりましたよね。勘一の影響なんでしょうか。

藤島さん、ちょっと皆を見回します。

「今夜は皆さんいるんですね」

「たまたまだな。別におめぇを待っていたわけじゃねぇぞ」

「ねぇ藤島さん」

研人です。

「うん？」

「かずみちゃん、行っちゃったけどさ」

あぁ、と頷きます。

「淋しくなりますね。堀田さんも」

「こきゃあがれ。人に黙ってかずみのいいなりになってとんとんと勝手に進めやがって」

皆が笑います。それはもう言いっこなしですよね。

「でさ、藤島さん。かずみちゃんのところが空いたじゃん。あそこに誰が入るの？　もう決まってるみたいなことをかずみちゃん言ってたけどさ」

どうしても研人は気になるんですね。藤島さん、うん、と頷きます。亜美さんが熱いお茶を持ってきました。

「あぁどうもすみません」

湯呑み(ゆの)を持って、熱そうにしながら一口啜ります。

「実は、今夜はその話をしようと思っていたんですよね」

「おっ、そうなのか？」

藤島さん、ちょっと息を吐きましたね。どこかいつもと雰囲気が違うような気がするのは、わたしの気のせいでしょうか。

「もちろん、あそこは堀田家の別邸みたいなところですからね。まったく知らない人は入れないようにと思っていましたし、誰もいなければ空けておいてもいいと考えていたんですが」

一度言葉を切って、藤島さん、すずみさんを見ました。藤島さんの視線に皆もすずみさんを見ましたね。

「え？　なんですか藤島さん」

「長尾美登里さんに、あそこに入ってもらおうと思っているんですが、どうでしょうか」

「えっ！」

「ええっ？」

「美登里に⁉」

それぞれにそれぞれの様子でびっくりしましたね。特にすずみさんはただでさえ丸い瞳をさらに真ん丸くしましたよ。

「えっ、ちょっ、ちょっと待って藤島さん。私、何にも美登里から聞いていないんですけど！」

「そうですよね。僕から伝えるまで内緒にしておいた方がいいかと思いまして」

勘一も本当に驚いていましたけれど、すぐに何やら考えるような顔つきになりましたね。

「それはまぁ藤島よ。大家のお前の決めたことなら、文句はねぇし。そもそも文句を言える立場でもないけどよ」

その通りですね。

「美登里ちゃんが隣に来るってんなら、皆大歓迎だよな？」

だよな、と言われて研人も花陽も頷きましたね。すずみさんはまだ眼を大きくさせたままですよ。

「え、でもね、藤島さん。それってね、まさかね」

「LOVEだねぇ」

えっ、ここですか我南人。

皆もぐいっ、と、のけ反ったり身を乗り出したりしましたよ。

「LOVEだねぇって、親父。まさか知ってたの？」

青です。

「何にも知らないねぇえ。でもさぁ、藤島くんのやることにぃ、LOVEのないことなんかないからねぇえ。そういうことじゃないのぉ？」

藤島さん、小さく微笑みました。

そして、ちょっと首を傾げます。

「違う、とは言いませんが、もしも正面切ってLOVEと言えるような恋人を住まわせるなら、僕の部屋に引っ越しさせますよ。あそこは二人で暮らせるぐらい広いんですし、そもそもそういう部屋の造りなんですから」

皆が、なるほど、と頷きますね。確かにそれはそうかもしれません。結婚しても子供が出来るまでは、あそこが新居になっても不自由はないですよね。子供ができれば、空いている二階のもう一部屋も藤島さんが使えばいいだけの話です。

「僕は、まぁもう皆さん知っているでしょうけど、自分が家庭を持つというビジョンがまったく見えない男なんですよ。奥さんがいて、子供を作って、その成長を楽しみにするなんて絵がどうしても描けない」

それは、確かに以前に言っていました。

「そうなろうと思ったわけではないですけど、自慢ではなく、今の僕は資産家です。もしも結婚して子供ができたら、僕の子供は会社も含めて、大きな財産を受け継ぐことになります」

「そりゃそうだ」

まったくその通りですし、そういうふうに言っても嫌味に聞こえないのが藤島さんの人徳ですよね。

「でも、そもそも自分の子供に多額の金を遺したところでろくなことにはならないのは歴史が証明しています。会社だってそうです。同族経営なんて奇跡的な場合を除いてほぼ愚の骨頂と言ってもいいんです」

手厳しい意見ですけど一理はありますし、勘一も紺も同意と頷きます。我が家もまぁ同族経営ですけどそれは意味合いが違います。

「でも僕は子供が好きです。子供たちこそ世界の未来の宝だと真剣に思っています。だから、世界中の子供たちに希望を与えたい、その未来を良いものにしたいという思いのみで会社の金を、自分のお金を動かしています。それは昔からですし、これからも変わりません。そして、そういう僕と同じ思いを抱いて生きている人たちに、行動する人たちに共感します」

藤島さん、すずみさんを見ました。

「美登里さんが、もう妊娠できない身体なのは、すずみさんはもちろん知っていますよね」

こくん、と頷きます。皆も聞きましたね。この先お付き合いしていく中で、変な気遣いをさせても困るから言っておいてと美登里さんから頼まれて教えてもらいました。

「もちろん、それを理由にするのとは違いますが、彼女はそういう境遇でありながらも世界中の子供たちの未来のためにと、今、仕事をしています」

「NPOでだな?」

「そうです。この間偶然お会いしてから少しずつ彼女と話をしてきました。仕事の話、プライベートの話」

一度言葉を切って、すずみさんを見ました。

「過去に彼女に何があったのかも、全部教えてくれました」

すずみさん、藤島さんにゆっくり頷きました。美登里さん、藤島さんに何もかも話したのですね。

それだけ、信頼を寄せたということでしょうか。

「それも含めて、美登里さんとは同じ方向を見つめ、同じ絵を描いているのが、よくわかったんです。それはこれからも死ぬまで変わらないと」

「同じ方向で、同じ絵、か」

勘一が腕を組みながら、成程、と頷きます。

「まさしくビジネスパートナーってことか。しかも、死ぬまでの」

「大げさな言い方ですけど、まぁそういうことです」

藤島さんが、すずみさんを、そして皆を見ました。

「ビジネスパートナーとしても、そして人生のパートナーとしても、両方の立場でこれから先の人生を歩いて行けるんじゃないか、歩いて行きたいと彼女と話しました。彼女も同じ思いでそれに頷いてくれました。それで、本当にこれは偶然ですけれど、かずみさんのところが空いたのでね」

照れ臭そうに、藤島さん笑います。

「いや、恥ずかしいですね。まさかこういう話を、皆さん全員の前で話すことになるとは思いませんでした」

「まったくだな、おい」

「けれども、結婚とか、そういうことではないです」

「違うのか」

「彼女があの部屋で僕を待ってるなんて生活にもなりません。ただ、一緒に人生を歩いていくことを確認し合ったという話です。その一歩として、あそこに住んでもらうということです」

「同じじゃん」

研人ですね。

「オレと芽莉依と」

うん、と、藤島さん大きく頷きましたね。

「どこに行っても、離れていても、二人で歩いていくと研人くんと芽莉依ちゃんは誓ったんだもんね。同じだよ。僕もそうしたいってことだ」

「パートナー、かよ。いやつまり藤島それはよ」

「LOVEってことでいいんだよぉ、親父」

バン！　と我南人が藤島さんの背中を叩きました。藤島さんの痛がる様子に皆が笑いました。

「また一人、LOVEに向かって日々を過ごせる人が増えたってことさぁあ」

そういうことで、いいのでしょうね。

＊

皆が寝静まった頃、勘一が部屋を出て仏間にやってきました。お酒を持って来るのかと思いきや、今日は湯呑み茶碗ですね。部屋で飲んでいたお茶をそのまま持ってきましたか。

どっこいしょ、と仏壇の前に座ります。蠟燭とお線香に火を点けて、しばらく拝みました。ありがとうございます。

「なぁサチよ」

はい、何でしょう。

「びっくりしたよなぁ、あの藤島の野郎がよ」

確かに驚きましたね。

「まぁ結婚とかなんとかかんとかじゃないらしいけどよ。目出度いことには違いないよな」

そうですね。我南人の言った通りだと思いますよ。

勘一が嬉しそうに微笑んで頷いたあとに、小さく息を吐きました。

「今日な、かずみの奴が、出ていっちまったよ。一人で施設で暮らすんだってよ」

淋しくなりますけれど、それはかずみちゃんが決めたことですよ。

「かずみはよ、俺たちの妹だったじゃねぇか。淑子は俺の実の妹だったけどよ。かずみは俺とサチの二人の妹だったよな。ずっとそうやって暮らしてきたよな」

はい。かずみちゃんは本当に可愛いらしい、妹でしたよね。おしゃまさんで、歌が上手で、英語も上手でね。

あの終戦の頃、日本中が敗戦で打ち拉がれているときに、苦しいときに、かずみちゃんの明るさと強さはどれほどわたしたちの心を強くしてくれたかわかりませんよね。

「お父さんの遺志を継いで医者になったらなったでよ、ずっと一人で無医村を渡り歩いてな。ほとんど顔も見せねぇで、ようやく引退して帰ってきてまた家族になれたと思ったのによ。自分が病気になったら今度は一人で死んでいくだとよ。てめぇは俺たちをなんだと思ってんだってなぁ」

淋しいんですよね。頼ってほしいんですよね。

たとえ眼が見えなくなって毎日手を引いていないと暮らせなくなっても、勘一がそうしてあげたかった気持ちはわかります。わたしだって、生きていたらきっとそう思いました。かずみちゃんの眼になって毎日を暮らしていったでしょうよ。

でも、違うんですよ。

かずみちゃんの生き方は、違うんです。

「わかるけどな。俺もよ、死ぬときは誰にも迷惑掛けねぇでぽっくり逝きたいさ。でもよぉ、迷惑なんかじゃねぇんだよな。ボンのときよ、つくづく思ったぜ。ボンがあれだけ頑張って入院は長引いて危篤でもう駄目だって日が何日もあってよ、そりゃあ麟太郎も花陽も苦しい思いをしたよな。辛かったよな。毎日毎日、今日か明日か明後日かって死ぬのを待ってるような日々はよ」

そうでしたね。

「でもよ、サチ」

はい。

「あの日々で、麟太郎は、見送ることを知った一丁前の男になったよな。花陽はよ、人を愛するってのは、愛した人を支えて生きるってのは、どういうことかがわかったと俺は思うんだよ」

あぁ、そうですね。おかしな言い方ですが、あの日々を過ぎて花陽は本当にきれいになりました。一人の女性になりました。麟太郎さんと一緒にいるときの花陽は、わたしたちの曽孫の花陽ではなく、藍子の娘の花陽ではなく、堀田花陽ですよ。

勘一の眼に涙が浮かんでいます。ぐしゅ、と鼻を鳴らしてすすり上げます。誰かが来たらその涙を見られてしまいますよ。

「そういう女だったんだよなあいつは。強くて勇ましくて、戦災孤児になってもたった一人で勉強して医者になって生きていた。その生き方を最後まで貫くんだな。逝き方ってやつだな。今良いこと言ったのわかったかサチ」

わかりましたけど、何を自分で笑っているんですか。そんなの紺に言ったらそれこそ一笑に付されますよ。

勘一が、大きく、息を吐きました。

「まぁあれだな。てめぇが一人で逝くつもりでもよ。こっちはさんざんっぱらあそこのホームに顔を出してよ。うるさいんだよあんたたちは、って言わしてやるか。あそこに通うだけでもいい運動になるってもんだよな」

そうですね。そうしてあげましょう。それにあそこは別に外出禁止なわけではないんですし、いつうちに泊まりに来てもいいんですから。

「そしてよ、曽孫たちの誕生日やらなにやらの度に呼び出してやるさ。一人でのんびりなんかさせねぇぞってな」

それがいいでしょう。

あら？　何か気配がすると思ったら、かんなちゃんですよ。

この子は本当に勘の鋭い子ですよね。勘一が一人でしょんぼりしている気配を察して、起きてきちゃったのではないでしょうか。

「おおじいちゃん」

「おう！」

勘一がびっくりして後ろを振り返ります。かんなちゃん、あまりこうやって夜中に呼びかけると、大じいちゃん心臓がびっくりしてそれこそぽっくり逝っちゃいますよ。

「おう、かんなちゃん。どうしたどうした」

寝巻き姿のかんなちゃんが、とととっと走って勘一に抱っこされました。

「おおじいちゃん、おおばあちゃんとおはなししていたの？」

かんなちゃんが勘一の膝の上に座り、わたしを見ています。かんなちゃん、わたしと喋っちゃ駄目ですよ。わかっていますよね。

「おう、そうだ、大じいちゃんはなかんなちゃん。何かあるとこうやって大ばあちゃんのサチばあちゃんとお話しするんだ」

「かずみちゃんがいなくなって、さびしくなったから？」

「そうだな。ちょっと大じいちゃん、淋しくなっちゃったな」

「だいじょうぶ」

かんなちゃん、わたしを見てにっこり笑います。

「おおじいちゃんのところには、みんないるから。おおばあちゃんも、おばあちゃんも、そのまたおじいちゃんおばあちゃんも」

飾ってある、わたしや秋実さん、そしてお義父さんとお義母さんの写真を指差しながらかんなちゃんが言います。

「そうか、皆いるか大じいちゃんのところに」

「みーんないるから、さみしくないよ。それにね、おおじいちゃん」

「うん？」

「かんなも鈴花も、ずーっとおおじいちゃんといっしょだからへいきだよ。けっこんしても」

「わかった。そうだったな。かんなちゃんと鈴花ちゃんはずっと大じいちゃんと一緒にいるんだもんな。バージンロード歩くんだったもんな」

そう言ってましたよねかんなちゃん。あら、眠ってますよかんなちゃん。勘一も気づいて微笑んでそっと抱きしめます。

「聞いたかサチ」

聞いてましたよ。

「あれだな、この子は本当に勘が鋭いっていうか、わかっちまうんだな皆の気持ちが」

そうですよ。紺よりも研人よりも鋭いんですからね。何せわたしのことがいつも見えるしいつでもお話ができるんですから。

「しみったれてると、そのうちに怒られるな、花陽みたいに啖呵切ってよ」

そうなるかもしれません。案外大人しい鈴花ちゃんの方が啖呵切るかもしれませんよ。

勘一がそっとかんなちゃんを抱きかかえます。

「まぁよ、かずみがそっちに行くのはまだまだ先だろ。こうなったら俺ぁよ周りの年寄りが全員死ぬまで長生きしてよ。そっちでいつまでも待ってろよ、って仏壇に向かって言うのを趣味にするからよ。サチも頼むぜ。いつまでもいつまでも待っててくれよ。土産話をうんとこさえてから行くからよ」

はい。どうぞいつまでも気の済むまで長生きしてください。わたしはここにいて、いつでもいつまでもあなたの背中を見ていますから。あなたが泣いたり笑ったりするのを、一緒になって泣き笑いしていますから。

その代わりにですけど、あなたが逝ってしまってもわたしはまだここにいるかもしれませんからね。なんだよサチの野郎いねぇじゃねぇかって周りの皆に当たり散らさないでくださいよ。

人が心に思うことは、誰にも止められません。

どんなにそれが理不尽なことでも、変えられないことでも、そして叶わぬ恋心でも、心に思ってしまったものは消せません。消えてしまうのを待つしか、あるいは願うしかありません。

人は大人になるにつれて荷物を抱えると言いますけれど、案外それは心に思ってしまった叶わぬ望みや思いなのではないでしょうか。

幼い心に抱いた無邪気な望みは成長するにつれて消えていってしまうのでしょうけど、大きくなってから心に描いた望みや思いは、いつまでもいつまでも残っていってそれが荷物となり、心も身体も重くして足取りはゆっくりになるのでしょう。若い頃は足に羽があるかのように飛び回れたものを、いつか地から足が離れることもなくなってしまうのでしょう。

けれども、その重さは、強さですよね。

荷物を抱えた重さがあるからこそ、しっかりと地を踏みしめ歩いていけます。流した涙の数だけ、瞳は潤い遠くを見つめられます。心に抱えた思いがあればあるほど、他人の思いをわかって優しくなれます。

人間は社会を作ってその中で生きる社会的動物などと昔の人は言ったそうですけれど、それはつまりお互いの心の重さがわかるからこそ、お互いにそれを慮(おもんぱか)って生きていけるということですよね。

涙も悔いも希望も、叶ったことも叶わぬことも、すべてが生きる糧になることを、歩き続ける力になることを大人であるわたしたちは知っていくのですよ。

それを若い人たちに伝えていくことが、背中で見せることが、大人として生きる意味だとわたしは思いますよ。

あの頃、たくさんの涙と笑いをお茶の間に届けてくれたテレビドラマへ。

解説

本間　悠

東京バンドワゴンをお読みの皆さん。

それも名も知れぬ書店員が書いている、こんなところまでお読み下さっている皆さん初めまして。九州は佐賀県にある明林堂書店南佐賀店にて、文芸書・実用書・児童書を担当している本間と申します。書店員歴まだまだ五年目。桜が咲いてこの本が出版される頃には六年生に進級している予定です。

東京バンドワゴンの文庫解説は、代々書店員が書くのが慣例とのこと。今回は誰かしらなんて、このページを真っ先に開いたマニアなファンの方（と書店員）がいらっしゃるかも知れません。はい、私です。しばしお付き合い下さいませ。

さて。地方チェーン店勤務のイチ書店員に過ぎない私だが、ツイッターなどのSNSを利用して、積極的に情報発信（という名の日々の垂れ流し）を行っている。こうした活動が実を結んだり結ばなかったりして、とうとうこんなにありがたいご依頼が舞い込んで来るようになった。書店員としては大変に光栄だが、そもそもこの業界は慢性的な人手不足というワナ。書き手が足りなかったのか、猫の手ならぬ本間の手でも借りたいのか……。

「集英社のTと申します。本間さん初めまして、文庫の解説書いてみませんか？」

あまりに唐突な電話に、すわ自意識過剰な書店員を狙った新手の振り込め詐欺かと思ったが、ちゃんと本物の担当さんだった。

かねてから東京バンドワゴンシリーズの大ファンだった私……だったら良かったが、残念なことにただの一作も読んでいない。未読を理由に遠慮させていただこうと思ったが、T氏は電話の向こうでノリノリだ。

「いいですいいです、大丈夫です。面白いんでこれを機に読んでみて下さいよ！　読んでみるだけでも！」

そんなんで本当に大丈夫ですかとこちらが心配になる。しかし自意識が過剰なので引き受けてしまった。ノリノリにも負けた。

一応書店勤務の端くれとして、東京バンドワゴンがどんな話かくらいは知っている。私と同様に実は初読みの方もこっそり潜んでいるかも知れないので、簡単におさらいをしておこう。

二〇〇六年に一作目となる『東京バンドワゴン』が発売されてから十五年以上続く、小路幸也さんの言わずと知れた大人気シリーズ。東京下町に由緒正しき古本屋【東京バンドワゴン】を構える三代目・堀田勘一さんと、その家族・周辺住民による義理と人情あふれるドタバタ群像劇だ。最新刊は第十五弾に当たる『イエロー・サブマリン』。文庫化された今作『アンド・アイ・ラブ・ハー』は第十四弾に当たる。ちなみに四月下旬に第十六弾『グッバイ・イエロー・ブリックロード』が単行本にて発売予定。シリーズ作がいずれもビートルズの曲名なのがカッコいい。きっと小路さんは音楽好きに違いないとSNSを検索したら、小説家というよりはほとんどロッカーのような風貌だった。我南人のモデルはご自身なのだろうか。そして猫かわいいです。

今から全部読んで書くのは無理だと嘆く私の背中を、T氏は「どこからどれを読んでも大丈夫！」と力強く押してくれた。事実私は今回の文庫解説に当たり、一作目『東京バンドワゴン』を読んですぐ今作『アンド・アイ・ラブ・ハー』に飛ぶという無作法な読み方をしたのだが、これが普通にスラスラと読める。一作目で十一人しかいなかった人物相関図が、第十四弾で四十六人（！）になっているのは正直面食らったし、出だしはしばらく相関図と首っ引きで読み進めたが、いつの間にか気にならなくなっていた。

その都度細かい説明は挟まずとも人物の関係性が自然に結びつき〝何となくわかる〟ようになる。何気ないのに、いや何気ないからこそすごい。これが筆力というやつか。「旦那方の義妹家の次女の名前」も即答できない私が、かんなちゃんは紺さんと亜美さんの子、青さんとすずみさん（一作目では独身だったのに！）の子は鈴花ちゃん……とすぐに覚えられた。不思議だなぁ。またこの子ども二人の所作が大変にかわいらしい。今作のかんなちゃんとサチさんのやり取りには、ほおの筋肉がでろでろに緩みっぱなしだった。

とまぁ二作しか読んでいないので、微に入り細に入りファンの皆様を納得させるだけの解説はどうやっても書けないだろう。その辺はどうかご容赦願いたく、私なりの読書感想文を認めてみよう（何とここまで前フリである。長い）。

私は【家族】が少し苦手だ。いや、少しじゃない。結構苦手、かも。

「家族ガチャ」という、ジェーン・スーさんの言葉がある。その通り、家族はまさにガチャガチャだ。何が出るかわからないし、出てしまったそれは交換もできず、粛々と結果を受け入れるしかない。たとえ〝不良品〟だろうとも、ノークレーム・ノーリターンでお願いします。親を選んで生まれてきた論よりも、私は断然こっちの方が腑に落ちる。

そしてとても悲しいことに、家族のあるべき姿を知らずに育ってしまうと、その〝正しくなさ〟は連鎖する傾向にあるらしい。正解を知らないのだから当然の結果だが、一回限りのガチャに失敗したものは、その失敗を代々受け継いでゆかなければならないというから、システム側の不備すら感じる。運営はお詫びして欲しい。

そこに血が絡むだけで、より強固にも、より厄介にもなる人間関係。四十一年生きてきて、どちらかと言えば厄介なほうをより多く見聞きし経験して、そのように刷り込まれてきた私は、正しい人たちとまっすぐに向き合うことにどうしても居心地の悪さを感じてしまう。私の根深く薄暗いコンプレックスが「無意識の検索避け機能」を発動させ、『東京バンドワゴン』を遠ざけていたのだろうか。

文庫解説というキッカケがなければ、きっとずっと手に取らなかっただろう。このキッカケを下さったT氏には心から感謝したい。ありがとうございます。面白かった。

大家族は、時に大樹に例えられる。

堀田家はその複雑に入り組んだ人物相関図からして、大樹そのもののような気がしていた。勘一という太い幹が根を張り、枝を伸ばし、わさわさと葉を茂らせてゆく。

しかし二作品読んでみると、そのイメージはどうにもしっくりこない。勘一は確かに古書店の店主には違いないが、読む前に抱いていた、いわゆる古き良きカミナリ親父(おやじ)のような絶対的家長ではない。むしろ彼はとても心優しく、絶妙な距離感でもって周囲の状況に気を配り続けている。一本筋を通しながら、同時に繊細な心遣いができる知性の人。流石(さすが)古本屋のオヤジ。味覚は少々怪しいが、魅力的な彼の周りには自然に人々が集まり、そして物語が生まれてゆく。この物語は一本の大樹のストーリーではなく、様々な動植物が集う森のお話なのだ。彼の魅力は、今作の「春」の章、醍醐さんとのやり取りに象徴されているので存分に堪能(たんのう)して欲しい。ここで一気に惹(ひ)き込まれた。サチさんは、堀田家の男たちは伴侶を選ぶ能力に長けていると言うが、それは女たちも同様だ。惚れてしまう。

お仕事小説としても素晴らしいエピソードがあった。「もって瞑すべし」。これでもう死んでもいいと思える使命に、私もいつか出会えるだろうか。いつか言いたいセリフとして、心の引き出しにしまっておこう。

今作のお気に入りはもう一つ、かずみさんのエピソードだ。戦争孤児だった彼女は、九歳の時に縁あって堀田家に引き取られる。勘一を実兄のように慕い、医師を引退した今も藤島ハウスで家族同然に暮らしているかずみさん。今作はそんな彼女の大きな決断と、そして彼女がずっと隠してきた、ある真実が明かされる。

結果として、彼女は藤島ハウスを後にし、堀田家とは離れて暮らすことになるのだが、それを受けての勘一さんはじめ、堀田家の面々の優しさが際立つエピソードになっている。必ずしも一緒に暮らすことが正解ではない。あくまでも個人を尊重する。個人ファーストな堀田家の姿勢が私は大好きだ。

季節が移り変わるごとに、やれ衣替えだ、クリスマスパーティだ、大掃除だ、餅つきだと、一家総動員でバタバタと動きまわる堀田家。私が忙しさと面倒臭さにかまけて手放して来たそれらは、彼らの魔法によって、とびきり楽しい行事として光り出す。疎ましいと思っていた家族の姿が、少しずつ変わっていく。あぁそうか、ここにあるのは一つの〝正解〟だ。堀田家は、正解を知らない私にとっての最適解なのかも知れない。

ぶつかるのが億劫だと思ってきた。ぶつかるくらいなら向き合いたくない。傷つきたくないし、傷つけたくもない。ただ、ソーシャルディスタンスの達人である堀田家の面々を眺めていると、「ぶつかる」前提で考えていた自分の滑稽さに気付く。彼らが出す答えは驚くほどシンプルでしなやかだ。個を尊重し受け入れ、やわらかく形を変えながら、流れのままに流れてゆく。

逃げるように故郷を離れ、新しい家族を手に入れて十五年経った。シリーズ開始と同時に『東京バンドワゴン』に巡り会えていたら、家族への向き合い方も違ったかも知れないと少しばかり残念に思う。惜しいことをした。しかし新規参入するメリットもある。私はあと十三作も『東京バンドワゴン』の世界を楽しむことができるのだ。それも年に一度ペースではなく、好きな時に、好きなだけ。

十一人から四十六人に増えた相関図。三十五人分のドラマを追いかけ、堀田家の居心地の良さに浸りながら、私にとっての最適解について、もう少し考えてみたい。

（ほんま・はるか　書店員／明林堂書店南佐賀店勤務）

本書は二〇一九年四月、書き下ろし単行本
として集英社より刊行されました。

集英社文庫

アンド・アイ・ラブ・ハー　東京（とうきょう）バンドワゴン

2021年4月25日　第1刷　　定価はカバーに表示してあります。

著　者　小路幸也（しょうじゆきや）

発行者　徳永　真

発行所　株式会社　集英社

東京都千代田区一ツ橋2-5-10　〒101-8050

電話　【編集部】03-3230-6095

【読者係】03-3230-6080

【販売部】03-3230-6393（書店専用）

印　刷　凸版印刷株式会社

製　本　凸版印刷株式会社

フォーマットデザイン　アリヤマデザインストア　　マークデザイン　居山浩二

ISBN978-4-08-744232-8 C0193